黄土风情歌谣录

张贵喜 编著

山西出版传媒集团　山西人民出版社

图书在版编目（CIP）数据

黄土风情歌谣录 / 张贵喜编著 . —太原：山西人民出版社，2018.1

ISBN 978-7-203-10131-4

Ⅰ.①黄… Ⅱ.①张… Ⅲ.①民间歌谣—作品集—山西 Ⅳ.① I277.25

中国版本图书馆 CIP 数据核字（2017）第 235526 号

黄土风情歌谣录

编　　著：	张贵喜	
责任编辑：	崔人杰	
复　　审：	贺　权	
终　　审：	员荣亮	

出 版 者：山西出版传媒集团·山西人民出版社

地　　址：太原市建设南路 21 号

邮　　编：030012

发行营销：0351－4922220　4955996　4956039　4922127（传真）

天猫官网：http://sxrmcbs.tmall.com　电话：0351－4922159

E — mail：sxskcb@163.com　发行部
　　　　　sxskcb@126.com　总编室

网　　址：www.sxskcb.com

经 销 者：山西出版传媒集团·山西人民出版社

承 印 者：山西出版传媒集团·山西新华印业有限公司

开　　本：787mm×1092mm　　1/16

印　　张：25.5

字　　数：400 千字

印　　数：1—1000 册

版　　次：2018 年 1 月　第 1 版

印　　次：2018 年 1 月　第 1 次印刷

书　　号：ISBN 978-7-203-10131-4

定　　价：68.00 元

如有印装质量问题请与本社联系调换

寻找打捞失落的文明构件

——《黄土风情歌谣录》序

○许石林

我与张贵喜先生的相识之缘，仿佛是天定的。

偶然在上海古籍书店见到他的《山陕古逸民歌俗调录》，翻开捧读几篇，不仅喜爱，简直读得有点浑身发抖地激动。

我为什么会有这么强烈的反应？与我及我家的遭遇有关——

20世纪70年代。

先祖父尽管在他人生的后半辈子，受尽磨难和迫害，以致百病缠身，用当时人的话说："黑到了极点"。在他去世的时候，家中不敢大办丧事，也办不起隆重的丧事，但却在停柩待葬的那几天里，村里突然不知道从哪里来了许多陌生人来吊唁，我那时候还小，却至今清晰记得那些人的神情，都是老年人，个个都带着某种神秘感，穿着与当地农民一般不二，有的鼻梁上多了一副圆眼镜，有的老人还是有晚辈陪同来的，但这些人身上，分明有一种特殊的气质和劲头。他们在祖父的灵前有的跪地哭拜，有的默默磕头，并不多停留，也不与我家其他人多交流，有的连我祖母都不认识，吊唁完就又默默地走了。多年后，我祖母说，有个别人，还悄悄地给她手里塞了点儿钱，以为赙赠奠仪。

我们那里的风俗，人去世，报亲讣友，就是说，对亲戚要派专人去上门报丧；对邻里朋友，却不报，而是在门口悬挂一块白纱布，此为讣告，邻里朋友见讣，自己考虑与逝者的关系，决定是否去吊唁。

我一直不明白，那些外地的陌生人，是从哪里来专门吊唁我祖父的，还都很神秘。我祖父的丧礼，是迄今为止，我记忆中全村最隆重的丧礼，就因为这些陌生的、神秘的客人。

后来空气宽松，慢慢地略知一二，这些人都是与我祖父曾经在旧社会有过交集的故旧老友，有的还是外省人。我祖父的人生，并非那么淡薄的晚年情景。但家里人怕孩子到外面乱说，从来不把先人的故事详细讲给我们听，以至于今天，"欲问其事，故老尽矣"。

渐渐地，依稀从各种途径，组接拼凑了祖父的大概行迹，所可称者多矣，有一个是曾经带领家乡子弟，到山西抗日，参加过中条山战役，在黄河滩上深夜埋伏，被水气所侵，晚年患严重的哮喘病和肺气肿与此有关。我们那里参加抗战的老兵很多，一个村就有好几个，有的活着回来了，有的则从此没有了音信，比如我祖父的弟弟即我的八祖父、我祖父那个比他年龄还小的叔父即我的小曾祖父，都从此没有了音信，有的说是后来去了缅甸打仗，但没有确证。总之一个个活人仅仅变成本家后人偶尔谈起的模糊传说了。这些人都有故事，我祖父的事被一个外号叫"鸡皮"的远房本家编成一出皮影戏，当时怎么演的，人亡事浸，不可考。但其中的重要唱段、大段的说词，流传了下来。现在，每到比如清明节，家族聚会，我那脑子非常好使的堂弟就会在大家的鼓动下说唱一段，开头两句就非常动人："日本的大飞机撂下炸弹，一霎时把运城炸成血滩……"陕西东府方言说这两句，稍微一用劲儿，就是"两狼山战胡儿天摇地动，好男儿为国家何惧死生"的气势，我每次闻听此言，当时再劳累萎靡的身心，都会为之一振。几句话，就把我移到了那个我并未经历的时代环境中，当时的人和情景，仿佛历历在目。

我读张贵喜先生所辑的《山陕古逸民歌俗调录》，从这本书的词句中，用方言读出了我堂弟口中的那种声音。文字是有声言语的备忘和记录，但我却能从那种山陕清末至民初的文字中，读到旧时代的感觉和情景，我会读出方言的声音，这声音一下子把我拉回到我并未经历的时代，仿佛看到我的先辈们的音容笑貌，看他们辛苦劬劳，听他们俯仰謦欬……

所以，我对《山陕古逸民歌俗调录》爱不释手，又生怕丢失，所以厚厚的一本书，我买了两本，都是自用。

后来我通过各种方式，终于联系到了张贵喜先生，彼此一见如故，志趣相投，引为忘年知己。

张先生退休后一直奔走徜徉在晋南一带的故旧市场，从历史的灰堆中，寻找打捞失落的文明构件，致力于搜集整理有清以来的各种濒临散佚失传的民间歌谣、说唱文本。我喜爱戏曲，他还赠送了我一些珍贵的戏曲旧剧本。这些旧文明的构件也许还一时入不了那些专门找大物件的人的法眼，但是，它却无疑是寻找并保存旧文明生态的好办法。我相信它的意义和作用，将会让更多的人感觉到。

得知他还拥有一部费了许多心血搜集整理出的同类文稿，取名《黄土风情歌谣录》，有三四十万字，为晋南旧民谣。山陕相连，民歌、戏曲有诸多共同之处，靠近黄河的渭南和运城的民歌多有重合，许多都难分彼此。旧民谣即今天所谓原生态民歌，犹如煤炭和石油资源，有其特殊的地质产生条件。现在的人，发展新能源，就是看到在人类社会可预见的未来，不能再一次使地球产生煤炭和石油。民歌的发生也是如此，在可预见的未来文化生态中，不会再产生过去那种歌谣了。现在所谓新民谣者，皆虚妄之词曲，篡民谣旧名，发郑卫淫声，伪人伪情，不值一顾。因此，要像重视传统能源一样，重视原生态民歌资源的整理、记录和研究。在这方面，张贵喜先生的辛勤劳动，令人非常感激。我鼓励他出版，但这类文字，在如今讲求经济效益的时代，是很难的。我与山西籍的出版家南兆旭先生联系，请他帮忙。南兄亦热心仗义之人，倩南兄之力，此书终于得以出版在望，张先生又嘱我为序，我虽不敢当，却也责无旁贷，故勉为之。

前人说整理国故，是学人之责。但晚近高傲的学术人，治经史、推义理、辩心性者可谓如过江之鲫，而关注民俗、留意风尚、损益礼节者鲜矣。加之现代学术，以分别之心，功利之动机，生硬划分，将民间风俗从大的礼学概念中，活活地剥离出来，成为所谓民俗学，而从事该学问的，大多其本身灰溜溜的窝囊不说，又多以西式的心态和方式，远远地冷漠观察，缺乏切身体察和投身参与的热情，即他们对自己所从事的学问，本身并不相信，更不会致力于复兴、损益，以期学问有裨益于时代。

江河不却细流，故能为之大，古人并非如此狭隘偏枯，"街谈巷议，倏有裨益于王化。野老之言，圣人采择，孔子聚万国风谣，以成其《春秋》也。"其实，我越来越相信，一个人，关注某种学问，致力于某种事业，不仅仅是立场即选择的问题，其实是能力的问题。即能看到远古那与人生生不息的万国风谣之中，蕴藏着兴观群怨的精神功能和人心意志的，不仅是孔子的立场，更是他老人家的能力，圣心所在。

所以，我翻阅张贵喜先生的《黄土风情歌谣录》，心中对他充满了敬意。这是一位真正从历史的灰尘中，为民族打捞、挽救国故的人。这些文字，与先前的《山陕古逸民歌俗调录》一样，记录了那个已经消失了的时代的状貌，我相信许多如我一样的人，会由于特殊的文化基因和血缘，读了它，顿时将身心切换到那个并未经历过但却与自己血脉相连的时代。同时，作为一个故旧文献资料的汇编，我劝张先生宁愿芜杂繁琐，也不要轻易取舍，要有老太太择菜的心理，看着哪片菜叶都舍不得扔。盖今人之所为，备后来有心人再次采择征引。

浮生劳碌奔走，风尘仆仆，仓促赘言，词不达意。乞张先生与读者谅之。

2017 年 4 月 23 日于河南采风途中匆匆

目　录

卷二　村风闾俗

卷三　苦愁怨愤

卷四　情思闺怨

卷五　灯谜字虎

卷
一

街市风
JIESHIFENGQING
情

买买买〔叫卖歌〕

买买买，捎捎捎，

王三篦虱①也来了。

红篾粗，绿篾细，

黄篾使着真可意。

铜丝扭，鱼鳔②粘，

一张篦虱使三年。

若还使了二年半，

你来到我字号换。

一张换两张，

来回盘缠我管上。

（古旧抄本）

注：①篦虱，即梳头用的一种用竹篾制成的细梳子。也可写作"篦瑟"，当地"瑟"与"虱"同音（音如 sie）。

②鱼鳔，用鱼鳔熬制成的胶。

卖钢针［叫卖歌］

卖钢针，卖钢针，

有大针，有小针。

钻帮纳底①买大针，

缝缝补补二号针。

描龙扎凤绣花针。

一五根来一十根，

十五二十零五根，

添上一根纳底针，

再添一根绣花针。

一共二十八根针。

闲时买来忙时用，

早晚做活不误工。

中间粗来两头细，

钻着光来拨着利。

冬做棉衣夏做单，

二八月做夹袄穿。

拿上针，穿上线，

哧溜哧溜往前窜，

买的买，瞧的瞧，

看着便宜往回捎。

大小针儿都买够，

不会绣花都会绣。

大娘使用我的针，

做活赛过佘太君。

姑娘使用我的针，

找个女婿实可心。

媳妇使用我的针，

夜夜做活伴夫君。

光棍使用我的针，

缝缝补补不求人。

针儿贱，针儿贵，

有了钢针衣满柜。

捎一包，三毛钱，

再搭五苗②不要钱。

快打主意快盘算，

来得迟了就卖完。

（夏县续子衡唱述　续致中整理）

注：①钻帮纳底，指做鞋帮纳鞋底。

②苗，这里是"根"的意思。

打火烧① ［叫卖歌］

得儿包②，打火烧，

火烧馍，夹甂糕。

你一外③，我一外，

吃不够，可④取来。

（夏县芦兰英唱述　师恩善整理）

注：①火烧，先烙后烤的饼子。

②得儿包，打火烧的人用擀面杖在案板上敲击的声响，以引起人们的注意，起招徕顾客的作用。

③一外，方言，即"一个"。

④可，这里是"再"的意思。

襄汾卖火烧 ［叫卖歌］

啪啪啪，打火烧，

今年收成就是好。

咱的油，咱的面，

咱的火烧卖得贱。

泡油糕，枣火烧①，

谁也没咱手艺高。

南来的，北往的，

有钱没钱吃咱的。

（襄汾丁村）

注：①泡油糕，一种表面起泡的油炸面食；枣火烧，夹枣泥的烧饼。

正月里赶集［打岔］

正月里，没事干，

背上褡褡①会上转。

东会转，西会转，

哪儿没有尧庙宽。

两台戏，唱得欢，

一头唱的是《金沙滩》，

一头唱的是《虎牢关》。

两台戏，咱不看，

一心要到过厅底下转一圈。

过厅底下绸缎衣服搭一片，

底下坐着个有钱的汉。

有钱汉，咱不看，

一心前往杂货店。

权把扫帚②垒了门，

圪篓簸箕绊倒人。

杂货店，不再看，

再到骡马场里转一圈。

东边拴的骡驹子，

西边拴的马驹子。

骡驹子腰粗膀又宽，

马驹子蹄大赛木碗。

独个犁，独个耙，

独个往地里拉粪车（音"权"）。

银子要了二百两，

咱就给他一百八。

三言两语就成啦，

骡子拉上就回家。

被鞍子，上箍子，

丈人门上转圈子。

丈人嫌他热哩，

把他安在南厅里。

丈人嫌他冷哩，

把他安在北厅里。

丈人给他摆席③哩，

媳妇急着骑骡哩。

走了没有二里道，

就把媳妇往下撩。

媳妇摔得心闷哩，

骡子在那里闻粪哩。

媳妇摔得心煽哩，

骡驹子在那里撒欢哩。

（乡宁贺秀萍讲述　阎仁旺收集）

注：①褡褡，即褡裢。

②权把扫帚，与下句的圪篓�簸箕都是农具。

③摆席，即摆宴席。

王福喜逛牛王庙［打岔］

扎头巾，穿大袄，

我们四个抬大轿，

一齐逛逛牛王庙。

牛王庙，一条街，

一街两行是买卖。

金货铺①，杂货站，

还有饭摊车马店，

大字号门上挂牌匾。

上窑村口歇一站，

一肩抬到宽水店。

宽水古会铺得宽，

权把扫帚摆河滩。

扁担绳镰样样有，

还有毛袜和木锨。

漆炉庙，金香炉，

南蛮子盗宝把它偷。

峪口醋坊去买醋，

湾里下边道铺头。

佛儿岩瓷窑转一转，

烧制瓮盔盆碗罐。

上东山，苗峪桥，

七月逢会唱大戏，

水母娘娘来送雨。

关帝庙，建高庄，

关圣帝君坐中央，

关平周仓站两旁，

庙外还有土地堂。

秦王山峰高又尖，

李世民屯兵在山间。

山腰一座大寺院，

高僧诵经来修仙。

东山逛完逛西山，

金匾旗杆②映眼帘。

进士秀才何处多？

涧底上窑和平坡。

青马洞，住尼姑，

修身养性在山谷。

柴汾出了个柴修女，

满山遍野种柏树。

挂架岭，酸枣山，

刮破战袍本不该。

刘秀说"长③钩有何用？"

从此弯钩展翅膀④。

牛王庙会逛一圈，

一条大河两架山。

地上地下都藏宝，

位于鄂邑最东边。

（乡宁刘希贤收集）

注：①金货铺，根据以往经验似应为"京货铺"，专营京津等外埠产品的铺子。

②金匾旗杆，联系下句内容可知，是指古时候考中举人以上功名后，朝廷敕建的旗杆，挂的金匾。

③长钩，长读 zhang。

④这是一个传说故事，说汉光武帝刘秀途经此地，被山上带钩的酸枣刺挂住了战袍，于是刘秀说，枣刺长钩没用处，从此带弯钩的酸枣刺便长成了直刺。

表花 ［小调］

正月里来了无有那①花儿采，
二月里来了迎春花儿开，
三月里那桃花红似火，
四月里刺梅花早呀么早盛开。

五月里石榴花赛过那玛瑙，
六月里荷花儿水面上飘，
七月里那红菊花开满园，
风吹八月的桂呀么桂花儿香。

九月里小菊花家家那通有，
十月里芙蓉花赛过那牡丹，
十一冬那腊月无有花儿采，
雪花儿冰冻梅呀么梅花儿开。

（古旧抄本）

注：①那，在本文里只表示演唱时的语气转折，无实意。

正月正过新年 [打多子]

正月正，过新年，

吃得好，穿得鲜。

二月二，龙抬头，

小二姐打扮上彩楼。

三官官，六坐坐，

石榴莲花摆摆摆。

四梅梅，圪吱吱，

王大娘，不识字。

五月五，过端午，

端午鞋儿扎老虎。

六月六，织茧绸，

茧绸袄儿蓝挽袖。

七不做，八不开，

河南省，做买卖。

八大碗，小奎星，

十二岁，念文章。

九一九，扭一扭，

桃红鞋，醋红口。

十门洞，大相公，

扭扭捏捏走运城。

（夏县续治中整理）

注：①打多子，似乎是一种游戏。具体不详。

十打金刚① ［打金刚］

我打金刚一月一，小鬼拉下半杆旗。

我打金刚二月二，二郎庙里成本事。

我打金刚三月三，关爷穿的紫蓝衫。

我打金刚四月四，一个铜钱四个字。

我打金刚五月五，石榴开花过端午。

我打金刚六月六，茄子开花快立秋。

我打金刚七月七，牛郎织女配夫妻。

我打金刚八月八，圆圆西瓜拿刀杀。

我打金刚九月九，柿子红红压烧酒。

我打金刚十月十，摘完棉花乱人拾。

（河津许世杰收集）

注：①打金刚，可能是一种游戏，具体不详。

打酸枣［小调］

日出东山节节高，妹妹回家喊嫂嫂。

哥哥今日不在家，咱姊妹出门打酸枣。

出东门，上南坡，邵庄沟里酸枣多。

转一弯来又一弯，咱姊妹心里好喜欢。

崖头酸枣一溜溜，树树酸枣结得繁。

嫂嫂上面拿竹杆，妹妹下面提竹篮。

嫂嫂打，妹妹搂，刺尖尖扎到指甲胎里头。

嫂嫂挑，妹妹嚎，一股黑血往上潮。

你甭哭，你甭嚎，甭叫你哥哥知道了。

你十七，奴十八，咱俩年纪不差啥。

休叫人家笑话咱！

（河津赵春朵唱述　许世杰整理）

打铁歌 ［呱嘴］

头打砧子二打铁[①]，

三打马牙四打镢。

五拉风匣六打圈，

七打铡刀八打镰。

九打小镢挖小蒜，

十打刀剪换油盐。

（乡宁李常保讲述　阎玉宁收集）

注：①头打砧子二打铁，这首歌说打铁的过程及产品。铁匠打铁时，先由师傅用小锤在砧子上打两下，接着徒弟用大锤打烧红的铁，然后师傅用小锤打铁的哪里，徒弟就再打那里，师傅起指挥作用。

秦芃角 ［呱嘴］

秦芃角①，

尖油油，

男儿出门走绛州。

头捎针，

二捎线。

三捎头绳三两半，

四捎络儿②吊面前。

五捎五包桃儿粉，

六捎胭脂打③口唇。

七捎镜子照棱整，

八捎洋袜足上蹬。

九捎裙子腰里扎，

十捎袄儿将④可身。

（古旧抄本）

注：①秦芃，辣椒。

②络儿，古时候妇女出门头戴的一种装饰。

③打在此处是染的意思。

④将可身，即恰好合身。"将"似乎为"更"更准确些。

走江南 ［呱嘴］

男的说①：走前山，走后山，

背一桩②秕谷走江南。

江南大嫂可安然？

把我这秕谷寄放你家缘③。

女的说：我家缘，老鼠多，

吃了你的秕谷该怎么？

男的说：就把你家老鼠还给我。

走前山，走后山，

背上老鼠走江南。

江南大嫂可安然？

把我这老鼠寄放你家缘。

女的说：我家缘，猫儿多，

吃了你的老鼠该怎么？

男的说：就把你的猫儿还给我。

走前山，走后山，

背上猫儿走江南。

江南大嫂可安然？

把我这猫儿寄放你家缘。

女的说：我家缘，狗娃多，

咬死你的猫娃该怎么？

男的说：就把你的狗娃还给我。

走前山，走后山，

引上狗娃走江南。

江南大嫂可安然？

把我这狗娃寄放你家缘。

女的说：我家缘，骡马多，

踢死你的狗娃该怎么？

男的说：就把你的骡马还给我。

走前山，走后山，

骑上骡马走江南。

江南大嫂可安然？

把我这骡马寄放你家缘。

女的说：我家缘，女儿多，

打死你的骡马该怎么？

男的说：就把你的女儿还给我。

走走走，回回回，

一桩秕谷换回一个人。

（盐湖区吴有仁唱述　王根年、南光海整理）

注：①"男的说"或"女的说"为编著者所加。

②桩，一般指粮食类的数量单位，一桩即一（大）袋。

③家缘，即家园。

豆根儿［呱嘴］

豆根儿，清早起，

头不梳，脸不洗。

打扮姐姐出门去，

要到桃花园里去。

桃花不开杏花开，

观见哥哥骑马来，

踏掉妹妹花绣鞋。

绣花鞋上几朵花？

十八朵，大梅花，

头上两朵牡丹花。

哥哥担担水，

妹妹洗洗脚，

实银拨下一揽荃①。

（古旧抄本）

注：①揽荃，用荆条或竹篾编制的大筐子。

喜虫蛋 ［呱嘴］

喜虫蛋，满院滚，
还说男儿不买粉。

买下粉，你不搽，
还说男儿不买麻。

买下麻，你不搓，
还说男儿不买锅。

买下锅，你不烧，
还说男儿不买刀。

买下刀，你不切，
还说男儿不买铁。

买下铁，你不打，
还说男儿不买马。

买下马，不会骑，
还说男儿不买驴。

买下驴，你不套，
还说男儿不买轿。

买下轿，你不上，
还说男儿不盘炕。

盘下炕，你不坐，
还说男儿不是货。

（古旧抄本）

夫妻看戏［呱嘴］

红公鸡，绿蚂蚁，
吱嘟嘟，走三里。
三里庙上耍杂戏，
我在家里耍脾气。
想看戏，寻穿的，
开起箱柜心酸哩！
没穿的，没戴的，
走到人前都怪①哩。
只恨丈夫学坏哩，
东游西逛赌博哩！

红公鸡，绿蚂蚁，
今日是个好天气。
解州城哩逢集哩，
老爷庙里唱戏哩。
穿绫罗，头戴花，
脸上还把胭脂搽。
骑毛驴，真美气，
人人夸我有福气。
丈夫如今变好啦，

日子过得算美啦。

（临猗郑芍药唱述　于胜整理）

注：①怪，害羞。

十月蔬菜歌〔呱嘴〕

正月菠菜满地青，

二月闪出羊角葱。

三月担上韭菜卖，

四月眉豆黄瓜菜。

五月莴笋脆生生，

六月茄子黑咕咚。

七月辣椒青凌凌，

八月白菜绿盈盈。

九月萝卜下了窖，

十月芫荽拿吊称①。

（盐湖区卫立会唱述　柴义治整理）

注：①吊称，悬空固定起来的大秤。此句可能是说到十月芫荽就不值钱了，用吊起来的大秤称得卖。

高高山上一篓油 ［呱嘴］

高高山上一篓油，
姊妹三人同梳头。
大姐梳的十样景，
二姐梳的两盘龙。
剩下三姐不会梳，
梳的狮子滚绣球。
一滚滚到黄河口，
打了三年水不流。
关爷骑马我骑骡，
一骑骑到太平河。
太平河，花儿多，
采一朵，戴一朵，
这个花儿很像我。

（古旧抄本）

墙儿低 ［呱嘴］

墙儿低，

墙儿高，

墙儿那边一树桃。

哥哥担水妹妹浇，

浇得桃儿白色①了，

卖下银钱娶嫂嫂。

嫂嫂爱戴银凤冠，

还得哥哥坐大官。

嫂嫂要穿红绸袄，

还得哥哥有钱买得了。

嫂嫂要穿红绸裤，

还得哥哥坐当铺。

嫂嫂要戴银镯子，

还得哥哥骑马打骡子。

哥哥要穿云子鞋，

还得嫂嫂做得来。

哥哥要穿虎头袜，

还得嫂嫂住娘家。

（古旧抄本）

注：①白色，有的叫白熟，即水果颜色发白，快要熟了。

大脚拐［呱嘴］

大脚拐，上南坡，

南坡以上摘豆角。

摘下豆角喂奴鸽，

奴鸽瘦，

一葫芦醋。

醋儿酸，

顶破天。

两个小姐展花毡。

花毡朵，

琉璃锁。

鸡含柴，

狗烧火。

猫儿上炕捏窝窝。

老鼠上厦打烟洞。

（古旧抄本）

大姐大［呱嘴］

大姐大，把麦耙，

耙下一葫芦，

种下一油篓。

没处挂，

挂到老汉胡子上。

老汉出门去，

挂到老婆奶头上。

老婆做饭去，

挂到风匣拐儿上。

老婆打了一个盹，

老鼠含上满地滚。

你看老婆悔不悔？

（古旧抄本）

灯台灯台搨灯台 ［呱嘴］

灯台灯台搨灯台，

灯台底下扎花鞋。

扎一只，

穿一只。

我爹嫌我流鼻涕，

把我卖给轧油的。

轧油的嫌我脚大（读忒），

把我卖到坡上（读社）。

男儿犁地我踩糖，

一脚一个胡墼①破。

走路哥，休笑我，

跟上男儿莫奈何！

（古旧抄本）

注：①胡墼，指田地里结下的土疙瘩。

分家［呱嘴］

老大胡儿长，分了院和场，

老二胡子短，分了一付筷子碗，

老三胡儿参参，分了个搂麦耙耙，

老四没胡，分了块豆腐。

老五、老六没跟上（she）；

过去墩①在门墩上（she）；

老七、老八没撵②上（she），

过去挨了两擀杖③（che）

注：①墩，指用力坐下；本句后一个"墩"是石墩的意思。

②撵上，即赶上，追上。

③擀杖，擀面杖。

机儿响［呱嘴］

机儿①响，咯噔噔，

把住绳儿戏莺莺。

今年织布织不成，

明年织布倒织成。

织的虎，虎翻身，

织的龙，龙戏水。

跳过崖，织手巾，

织下手巾挂庙门。

庙门底下坐大人，

大人说我谁家女，

（问）我是谁家小铃铛？

八架食笋五十两②，

四十九两你休想！

想一想，五十两。

（古旧抄本）

注：①机儿，织布机。

②食笋，一种盛放食物的木质大容器，一般在婚礼或祭祀时使用。本句是说须抬八架食笋再加五十两白银（才能许婚）。

韭菜叶［呱嘴］

韭菜叶，扁扁纽，

我在南山瞅一瞅。

瞅着一个花细骡，

赶车的就是我四哥，

里边坐是我老婆。

那岸①娘，听门着，

钥匙抃②在腰带上。

回来给你夹个小卷馍。

（古旧抄本）

注：①那岸，方言，那边。

②抃，方言，"别"的意思。

夸闺女 ［呱嘴］

黑狗黑狗你看家，

我到南园摘黄瓜。

一条黄瓜没摘下，

两个媒人说媒啦。

媒人媒人你坐下，

我来搭锅炒芝麻。

芝麻芝麻炒熟啦，

我和媒人说句话。

咱家女儿十七八，

织布纺花都会啦。

和下面，铁蛋蛋，

擀下面，圆旋旋。

下到锅里莲花转，

舀到碗里飘牡丹。

挑上筷子打秋千，

吃到嘴里拉丝线。

（古旧抄本）

夸小姐［呱嘴］

桑木扁担两头尖，
小姐担水不换肩，
一直担到中条山，
中条山上有人看。
看我头，是好头，
乌黑头发似墨染。
看我脸，是好脸，
红白烂瓒①瓜子脸。
柳叶眉儿弯又弯，
杏胡眼儿亮忽闪。
糯米牙儿白灿灿，
樱桃小口红一点。
看我身，是好身，
红缎袄儿绿底襟。
看我腰，是好腰，
红绸绢子绿丝绦。
看我腿，是好腿，
醋红腿带绑得美。
看我脚，是好脚，
高底②梅花扎骨朵③。

身材长得像谷苗，

走路就像水上飘。

（夏县续腊梅唱述　续致中整理）

注：①形容脸颜色白里透红。

②高底，清代及民国时期妇女时兴穿高底鞋，高底有皮质和木质等种类，山西二人台有《卖高底》。

③骨朵，即花苞。

拉拉解解［呱嘴］

拉拉解解①，

捎馍火烧（烧，方言音些）。

舅厦娘（娘音虐）②来了没吃的，

搭上锅锅炒肉得。

炒下一篮一簸箕，

吃不了，高搁起，

明到③来了可吃去。

（先母常粉英传授）

注：①锯木头的意思。

②舅厦娘，即外婆。

③明到，方言即明天。

蚂蚱娶妻 ［呱嘴］

一个小子他姓王，一心想着娶婆娘。

正月说媒二月娶，三月生下小儿郎。

四月小，五月大，六月叫爹又叫娘。

七月南学把书念，八月中了状元郎。

九月得了一场病，十月三十见阎王。

不是我笑话小伙你，来去世上你太慌张。

你要问他名和姓，蚂蚱就是他的名。

（襄汾丁村）

木头板〔呱嘴〕

木头板，

圪登登，

条花裤腿鸭蛋青。

我上南园去采花，

出门碰见李相公。

娘那个心，

真恼人，

再不要给本庄作亲亲①。

（古旧抄本）

注：①亲亲，亲戚。

七岁女子要当家［呱嘴］

蔓菁菜，开白花，
七岁女子要当家。
亲爸亲妈管不下，
姑姑给寻了个好婆家。
又有轿车又有马，
又有金花对银花。
爹也哭，娘也哭，
哭得女婿拜丈母。
丈母丈人你别哭，
你家女子活享福。
金盆洗脸银盘照，
珍珠穗儿满脸吊。
女婿女婿你别夸，
我家女儿会当家。
一岁念完《百家姓》，
两岁背完《三字经》。
三岁描龙又画凤，
四岁锅窝①样样通。
如今女儿七岁正，
寻下你这小相公。

你要不听她的话，

保你天天顶油灯②。

（襄汾丁村）

注：①锅窝，方言即家里（活计）。

②顶油灯，有出小戏剧中媳妇惩罚丈夫的办法，头顶油灯使其

行动困难。

看手斗① ［呱嘴］

一斗穷，

二斗富，

三斗四斗卖豆腐。

五斗六斗开当铺，

七斗八斗卖棒槌②（chu）。

九斗，十斗，

越吃越有。

注：①人的指纹有箕形和斗形两种，河东乡间人们以斗形数来判断某人的财富命运。

②棒槌，乡间洗衣服时使用的一种槌捣工具。我国东北地区称人参为棒槌，从本文中斗越多越富有的递进关系看，文中棒槌当指人参。

骑驴插花［呱嘴］

骑骡子，插翠花，一眄就是财主家；

骑毛驴，插野花，一眄就是穷汉家。

财主家，你甬抖①，老子和你记着仇，

手扶犁枋②鞭打牛，老子不种你吃毬！

（襄汾丁村）

注：①甬抖，即甬拽的意思。

②犁枋，耕地用的木犁的犁身。

青菜成精［呱嘴］

一个大嫂上正东，

碰见一园青菜成了精。

青头萝卜坐天下，

红头萝卜作正宫。

河南反了白莲菜，

一封战表进京城。

豆芽子跪倒奏一本，

胡萝卜挂帅去出征。

白菜打得黄罗伞，

菠菜前部作先锋。

小葱使得银枪戟，

韭菜使得两刃锋。

牛腿瓠子当大炮，

青豆角子当火绳。

咕咚咕咚三声炮，

打得茄子满身青。

打得黄瓜满身刺，

打得铡豆①扯成蓬。

打得豆腐尿黄水，

打得凉粉战兢兢。

打得莲菜心害怕，

回头扎在稀泥坑。

（万荣杨瓠子唱述　屈殿奎整理）

注：①铡豆，豆类的一种，其荚形似铡刀。

梳头歌〔呱嘴〕

高高山上一碗油，
姐妹对着来梳头。
大姐梳的十样景，
二姐梳的翠花楼。
丢下三姐没梳的，
梳个狮子滚绣球。
绣球滚到黄河里，
挡住黄河水难流。

（古旧抄本）

豌豆角［呱嘴］

豌豆角，爹爹皮，

我走河南寻我姨，

我姨给我一对鞋面皮。

我做的，我穿的，

我走门前倒灰去。

碰见一个花公鸡，

呜呜叫到我家里。

门儿拴得紧紧地，

锅儿烧得滚滚地。

肉儿煮得烂烂地，

骨头塞在炕巷①里，

毛儿抙②在墙缝里。

有人骂他公鸡，

我与他眼窝圪挤。

有人骂他母鸡，

我与他眼窝瞪起。

他大骂，我小骂，

他不骂，我还骂。

（古旧抄本）

注：①炕巷，火炕里的烟道。

　　②扴，塞或别的意思。

喜虫叫［呱嘴］

喜虫招①（zhao），

唤懒佬②。

懒佬不得听（tie）的（di），

喜虫嘴儿扬（yeo）的（di）。

（先母常粉英传授）

注：①招，方言指麻雀的乱叫声音。

②懒佬，即懒汉。

小月牙 ［呱嘴］

小月牙，两头尖，

爹娘把我卖到花果山。

谁来接？哥来接，

搬条板凳哥歇歇。

问爸好，问妈好，

再问小侄儿欢不欢？

哥在前厅吃袋烟，

我到后楼去打扮。

头戴五凤冠，

身穿茄花衫，

八幅罗裙系腰间。

叫丫鬟，拿红毡，

问婆婆，住几天？

婆婆说：

路又远，天又寒，

到娘家，少住些天！

（古旧抄本）

织布 [呱嘴]

正月犁地二月耙，
三月四月种棉花。
五月六月打顶芽，
七月八月摘棉花。
摘到屋里手儿捡，
轧车轧。
弯弯弓，弹棉花，
稻秫杆杆搓棉花。
车儿搅，铁儿转，
一天能纺二斤半。
楞子拐，穗杆缠，
搭到椽上掭三遍。
笭儿搅，旋风转，
搭机子，安折（zhie）杆，
折（zhie）棉还得腿儿欢，
关瑟还要眼儿尖，
刷棉还要腰儿弯。
会织织块瓷瓦版，
不会织个烂车线。

（夏县樊中看唱述　景盛群整理）

注：本歌叙述从种棉花到织成布的过程，涉及到土布机和织土布的许多术语，因此法多已过时不用，恕不再注释。

擀毡 [呱嘴]

星宿星宿满天，

张家院里擀毡。

擀得什么毡。

擀得花花毡。

花花毡上一对鹅，

扑噜扑噜飞过河，

河那岸，姑娘多，

会纺棉花会扭秧歌。

（闻喜赵振宏、张雅丽收集）

姐儿逛庙会 [刮地风]

一个姐儿刚十三，
手拿一把鸳鸯扇。
走一步来扇一扇，
走两步来扇两扇。
越走越扇，
越走越扇越好看。
看，①看，看的看来撵的撵，
真高兴，好喜欢。

进到庙里用眼观，
两边都是生意人。
正殿里塑的神，
小鬼判官吓死人。
扭回头出殿门，
东看西望找情人。
来，来，咱俩一块谈谈心，
拉拉手，接接吻。

红姑娘呀搽胭粉，

一副笑脸迷了人。
红袄袄儿绿绸裙,
三寸金莲慢步跑。
赶得看挤得跑,
不料闪了奴的腰。
看,看,你看个个走上前,
求福音,免灾难。

花鼓儿打得欢,
敲锣打鼓声震天。
小曲儿唱得好,
南腔北调真热闹。
分香表祝仙神,
天仙送子富贵门。
痛,痛,痛到奴的心坎坎,
缓缓气,担心脉。

日出东来落西山,
天色将晚红火散。
老汉骑驴颠倒颠,
颠倒颠呀颠倒颠。
媳妇儿抱娃娃,
回家缘呀回家缘。
散,散,明春今日咱又来,
闹红火,再来看。

（新绛县文化馆）

注：①这里原无逗号,似乎断开符合唱说的口气和节奏,故加逗号,
下同。

老鼠会上墙 ［呱嘴］

老鼠生来尾巴长，

不防老鼠会上墙。

富汉家，他有钱，

各样年货准备全。

半夜三更人睡静，

老鼠出来跑得欢。

先吃花馍后上墙，

枣山①吃得没了瓢②。

麻花馓子吃得快，

过去捎了四碗菜。

吃了菜，一摇走，

过去喝了一壶酒。

喝了酒，七八八，

过去啃了一柱蜡。

他就跑，我就撵，

打了我一摞瓷器碗。

他就跑，我就撵，

老鼠还比人有劲。

它钻到窝里说话儿，

气得我老汉没法儿。

（稷山阎亲儿唱述　任国成整理）

注：①枣山，花馍的一种。晋南旧俗，正月十三蒸花馍，家家都要蒸一个枣山，敬灶君。似乎是这一家的江山象征。正月十四摆到灶君神龛旁边，直到正月二十三，全家分食之。是日，家家户户贴"金牛图"摊煎馍（烙薄软饼），俗谚"正月二十三，（摊）煎馍搬枣山"。

②瓢，这里指枣山的中心部分。

颠倒歌［打岔］

东西街，南北走，

看见一个人咬狗。

拾起狗来去砸砖，

砖头比狗跑得欢。

拾起砖头去砸狗，

砖头咬了我的手。

小鸡娃，扑老雕，

蚂蚱能把驴撞倒，

拿起碗往勺子里舀。

抓住牛屎拾木铣，

犁枒扶住小老汉。

颠倒颠来颠倒颠，

颠倒歌能唱好几天。

（河东地区到处流行）

窗台上 ［呱嘴］

窗台上，针和线，

炕头上，老婆汉。

锅窝里，柴禾炭，

圪地上，刀和案。

前头院，鸡和狗，

后街院，骡马走。

麦场里，扇车^①斗，

水池里，莲花藕。

（襄汾丁村）

注：①扇车，扬场的工具。旧式扇车，形似吹风机，内装木制叶轮，外连"踩担"，靠人力踩踏转动产生风力，将碾打下的谷物扬干净。

高高山上一苗谷 ［呱嘴］

高高山上一苗谷，
喜虫扒在上头哭。
哭的为何?
我妈不给我做棉裤。

（先母常粉英传授）

猫来啦［催眠曲］

嗷呜，嗷呜，

猫来啦，

狗去啦，

听得娃儿瞌睡啦。

嗷呜，嗷呜，

猫来啦，

狗去啦，

听得娃儿瞌睡啦。

（先母常粉英传授）

我是南山母老虎［催眠曲］

呜，呜，

我是南山母老虎，

不吃火圪头①老的，

单②吃窗跟前小的。

（古旧抄本）

注：①火圪头，民间睡的土炕，冬季取暖靠烧柴火，炕面离火近的部分较热，一般让老年人坐着。

②单，专门的意思。

摇轿轿［催眠曲］

乖狗狗①，睡觉觉，

奶奶给娃摇轿轿。

摇呀摇，摇呀摇，

摇到沟南摘石榴，

摇到沟北摘桃桃。

（盐湖区王登山唱述　范炳林整理）

注：①狗狗，当地对婴儿的昵称。

反岸正岸 ［游戏歌］

反岸正岸①，

两个女好看。

你搽胭脂我搽粉，

咕嘟咕嘟一齐滚。

滚，滚，滚莲花，

莲花开起我回家。

回哪家，

回老家。

老家有个小狗娃，

咬了她妈头疙瘩②。

（河津阮淑贞唱述　许世杰整理）

（玩法：两儿童面对面手拉手而立，两手边摆动边唱，然后将身翻转两人背对背，又边摆动手边唱，再翻转面对面。其玩法与闻喜北垣一带的《打结吧》相同，只是歌词不同，其歌曰："打，打，打结吧，铜丝儿扭尾巴。你搽胭脂我搽粉，两个小姐一起滚"。如男孩玩，后句则唱"两个小计"。）

注：①岸，方言即面。

②头疙瘩，旧时妇女梳头绾的发结。

鸡儿冠［游戏歌］

鸡儿冠,

鸭儿冠,

打发三姐跳门槛。

（闻喜北垣一带女童玩法。玩时,三女童手牵手成圆圈,边唱边由其中两人蹲下,一人从此两人牵着的手上方跨过去。依次轮番玩。）

急急令 ［游戏歌］

急急令，

开马城。

马城开，

送兵来。

你兵多，

我兵少。

咱俩打得不得了。

（玩时，两排儿童各数人手拉手，对面而立，边唱边冲，对方若被冲开，就从其中拉一人过来。）

（盐湖区李明唱述　李福胜整理）

抓籽儿歌［游戏歌］

我抓籽儿一月一，
五龙庙里挂谷穗①。
我抓籽儿二月二，
龙抬头，蛇摆尾。
我抓籽儿三月三，
桃杏花开实好看。
我抓籽儿四月八，
手拿麦竿穿柿花。
我抓籽儿五月五，
石榴开花过端午。
我抓籽儿六月六，
鸡冠花开像吊肉。
我抓籽儿七月七，
南瓜豆角拌芫荽。
我抓籽儿八月八，
下了西瓜②摘棉花。
我抓籽儿九月九，
柿子红得赛绣球。
我抓籽儿十月一，
吃了煮角送寒衣。

我抓籽儿十一月，

西北风起雪花飞。

我抓籽儿整一年，

打打扫扫好过年。

（儿童玩法，玩时边唱边玩。事先准备十颗子儿，如杏核，或用砖瓦碎块磨制而成的，玩者坐地把子儿撒在平地上，从中拾取一颗，抛向空中，迅速从地上捡起一颗再接住空中落下的子儿，直到把地上子儿捡完，接着又向空中抛起一颗，迅速从地上捡起两颗，接住空中落下的子儿，直到把地上的子儿捡完为止，依次类推。中途失手则换别人捡。）

注：①谷穗，用彩色线绳将碎粉色布和麦秆节穿成的穗状饰品。

②下了西瓜，在瓜果地摘取部分瓜果为摘；若整块地整棵树全部收摘谓之"下"。例如"下柿子"、"下苹果"。

顶脚［游戏歌］

顶顶，迈迈，

桃花，柳菜。

不吃南，不吃北，

南山上，点黑墨。

开关，顶脚。

（闻喜张青枝提供）

又：

顶顶脚，迈顶脚，

吃芫荽，海簸箩，

不吃南，不吃北，

南山上，点黑墨（mei），

找谁，找你，

开关，顶脚。

（闻喜北垣一带儿童玩法，数人背靠墙站一排，一孩边唱边用脚点数其余儿童的脚，唱完数到哪只脚，此脚顶起来；再一轮惹再数到该儿童另一只脚，则该儿童替换原唱点者，接着玩。）

喜虫与燕子吵架 ［呱嘴］

燕子对喜虫①说，

我住的是青铜瓦厦，

你住的墙缝嘎啦②。

喜虫对燕子说，

我吃的是五谷杂粮，

你吃的蝇蚊圪渣③。

（先母常粉英传授）

注：①喜虫，麻雀。

②嘎啦，即旮旯。

③圪渣，这里指死了的小昆虫。

借绿豆［绕口令］

开开门，走六步，

碰见六叔和六舅，

好六叔好六舅，

借我六斗六升好绿①豆，

送送夏，打打秋，

再还六叔六舅六斗六升好绿豆。

（平陆曹静圆唱述　曹俊峰整理）

注：①当地，绿读音同"六"。

鹅蛋［绕口令］①

天上鹅，
地上鹅，
我吃鹅蛋我变鹅，
我不吃鹅蛋我不变鹅。

（乡宁刘希贤收集）

注：①这个绕口令说时，边用舌头和牙齿弹出声音边说，使每个字后边都夹着一声弹。

绣绒花 ［小调］

姐儿啦房中绣绒花，

啊，遇见那蝎子墙上爬。

伸手去捏它，

啊，哎嗨哎嗨吆，

伸手去捏它。

蝎子蛰了奴的手，

啊，一阵痛来是一阵麻。

活活痛死小奴家，①

啊，哎嗨哎嗨吆，

痛死了小奴家。

（垣曲炬科、学义　垣曲县文化馆）

注：①蝎子是毒虫，人被蛰后其毒引起身体局部红肿灼疼，严重的
会致命，千万不能用手去捉拿。

银扭丝 ［小调］

乡里大嫂去朝四月八，
走进庙门把香插，
双膝忙跪倒，哀告女菩萨，
人人都说你神灵大。（又）

自从弟子来到他家，
七八年间百莫见呷①。
公婆常生气，妯娌常笑话，
受了我男儿多少骂。（重）

或男或女赐与奴家，
白白胖胖抱个娃娃。
儿女怀中抱，公婆面前夸，
到来年与神披红袍褂。（重）

（古旧抄本）

注：①呷，啥的意思。

闹五更［小调］

一更里月出宫，
武大郎出门卖烧饼。
潘金莲勾搭西门庆，
弟杀兄嫂抱不平。

二更里月正东，
西天取经是唐僧。
路过九窟十八洞，
洞洞离不开孙悟空。

三更里月正南，
赵匡胤上了高平关。
下南唐的刘金定，
破天门阵是穆桂英。

四更里月正西，
殷纣王荒淫纵妲姬。
比干丞相挖心肺，
黄飞虎领兵投西岐。

五更里天大明，

刘备东吴去招亲。

周瑜定下了连环计，

难不倒军师诸葛亮。

（古旧抄本）

二八佳人担水 ［小调］

日出东海归落在了西山，
二八佳人也去把这水来担。
担呀不上，就歇歇喘喘。

你叫我担来我这里就给你们担，
你家男子也种地么在那高山，
倘若是看见了呀，会把你错埋怨。

我叫你担来你这里就给我们担，
我家男子也种地么在那高山，
倘若是望见了呀，他不会把我嫌。

（垣曲石德位、石士达唱述　垣曲县文化馆整理）

新节新年 ［小调］

新节新年，新节新年，
新罢了今年又新来年。
相公是进了学来，
必定是做高官。

相公志气高，相公志气高，
换了襕衫更改紫龙袍①。
腰系条白玉带来，
头戴就乌纱帽。

好一个三月三，好一个三月三，
三月就初三上了金銮殿。
平地是呀一声雷来，
禹门口三激浪。

（闻喜佩英、登第唱述　闻喜县文化馆收集）

注：①襕衫，古时候一种上下相连的衣服，兴于唐而盛于宋，后来成为读书人的象征；紫龙袍，是官员的象征。

月亮歌①

初一生，初二长，

初三出来明晃晃。

初四初五东方斜，

初七初八月牙牙。

初九初十南天挂，

十二十三显光华。

十四十五圆又圆，

十六十七亮又大。

十八十九照全夜，

二十一二半牙瓜。

二十二三落正南，

二十五六东天斜。

二十七八显个影，

二九月尽不见它。

（盐湖区屈殿奎整理）

注：①此歌叙述了月亮的运行轨迹。

画戏［小调］

一出戏上画《走雪山》，
哭坏了小姐曹玉莲。
院子①曹甫活冻死，
又来了上八仙，
迎接曹甫上蓝天，
曹小姐哭得实实可怜。

二出戏上画《二拣柴》，
江秋莲出门泪满腮。
李春发舍银荒郊外，
一朵鲜花他不爱，
人称他真君子仗义疏财。

三出戏上画朱春登，
《牧羊圈》舍饭在坟茔。
妻母前来把饭讨，
设灵堂，跪席棚，
夫妻二人泪盈盈，
龙抓②宋氏谁不知情？

四出戏上画《二进宫》,
徐延昭铜锤抱在胸。
老杨博不肯把国保,
徐延昭巧计生,
黑虎铜锤打在空,
杨侍郎丹心为国尽忠。

五出戏上画《五雷阵》,
孙膑双铜无人对。
王戒下山灭六国,
倒打毛伯逞凶威,
盗仙丹多亏了金眼毛遂。

六出戏上画魏蜀吴,
桃园弟兄走过茅庐。
三请先生诸葛亮,
借荆州,把身容,
周瑜设宴《黄鹤楼》,
摔破竹节令箭出头。

七出戏上画《紫禁城》,
画一个和尚名叫唐僧。
师徒四人把经取,
猪八戒,并沙僧,
还有大圣孙悟空,
千辛万苦取下真经。

八出戏上画《洪州城》，

杨宗保回朝去搬兵。

天门一百单八将，

焦天赞，孟友雄，

还有元帅穆桂英，

杀败辽兵救出公公。

（盐湖区王绪贵唱述　杨焕育整理）

注：①院子，即仆人，或称"家院"。

　　②龙抓，迷信说法把雷击叫"龙抓"。

吃嘴老婆［呱嘴］

正月麻糖好馍，二月拾拾掇掇，

三月菜菜禾禾，四月拉拉麦索①。

五月油馍卷着，六月凉旗②擀着，

七月瓜桃李果，八月柿子暖着③。

九月油菜④米汤，十月腌菜煮角⑤，

十一腊月才干活——

拐子拐，穗杆缠，茅子拉屎续机荐⑥，

一下续个打布衫。

先撇火⑦，后吃烟，上边烧个大曲连。

媳妇嚷，儿报怨，蹩到茅子旮旯哭老汉。

（夏县卢金凤唱述　张恩忠整理）

注：①拉麦索，用新产的湿麦粒加工的一种食物。

②凉旗，即凉面条。

③暖柿子，用温水脱涩柿子。

④油菜，指油菜（籽）苗的根部，蒸煮熟后可食用。。

⑤指用酸菜包成的饺子。

⑥机荐，织布时用来续接断线的一种浆过的线。

⑦撇火，用火镰、火石打火。

懒大嫂［呱嘴］

懒大嫂，好睡觉，
早起睡到饭时①到。
开开窗户瞧一瞧，
搬倒枕头又睡觉。
一觉睡到巳牌②时，
提起袄，没有里。
提起裤子扯胳膝，
高底③儿歪到脚心里。
坐在柴锅掏灰里，
一下子掏到胡同里，
正好碰见娃他姨。
亲戚亲戚你快坐，
坐到我那（nai）炕棱④上。
炕棱上，壁虱多，
扒了他姨一项脖。
咬得他姨直吆喝，
血水流到脚背上。
豌豆面，冷水和，
独头蒜，皮没剥。
案子不平刀不快，

切下旗子像裤带。

下到锅里锅不滚，

急的他姨眼窝肿（zhun）。

（襄汾丁村）

注：①饭时，河东农村"饭时"指上午10点左右，是吃早饭的时间点。

②巳牌时，即巳时，在白天九点至十一点钟。

③高底鞋。

④炕棱，炕的前沿边。

懒婆娘［呱嘴］

正月不是做活天，
我把亲戚待不完。
二月不是做活天，
逛庙赶会忙不办。
三月不是做活天，
上坟点纸把景观。
四月不是做活天，
手拿小镰把菜剜。
五月不是做活天，
东场碾罢西场摊①。
六月不是做活天，
浑身热汗扇子扇。
七月不是做活天，
牛郎织女来团圆。
八月不是做活天，
西瓜月饼敬老天。
九月不是做活天，
不冷不热正好眠。
十月不是做活天，
先到娘家转一圈。

十一月，做活天，

大嫂心里犯了难。

脚织布，手纺线②，

胳肢窝里夹着线蛋蛋。

手里纳着鞋底子，

蹲到茅里缠绥子③。

六月天，穿棉袄，

十冬腊月穿单挑。

一辈子，懒做活，

他还嫌说懒老婆。

（夏县刘聚仙唱述　续致中整理）

注：①摊场，小麦碾打前须要人们事先摊开来，以便晾晒，此活计一般由妇女承担。

②此句以下多涉及妇女的针线活。

③绥子，也有写作"穗子"的，将棉线缠绕成橄榄状线团，织布时作纬线。

妈妈你有错 ［小调］

正月十五闹红火，
姑娘想去看哥哥。
又怕看见了，又怕找不着，
好不难为我！

今晚人儿这么多，
观灯的人儿像穿梭。
盏盏灯好，后生都不错，
哪个是哥哥？

找来找去找不着，
有心问人没法说。
到底是哪个，实在难琢磨，
姑娘心不乐。

妈妈做事太欠妥，
口吃樱桃难止渴。
光说家境好，不看人如何，
妈妈你有错。

（芮城高绪录唱述　郑玄整理）

花椒树 [小调]

大门外一树椒，
四个姑娘来采椒。
两眼儿么两眼儿么
往呀往上瞧。

花椒树长得高，
手把树身儿摇几摇。
遍地儿么遍地儿么
落呀落花椒。

花椒叶儿长得繁，
左脚踩来右脚扳。
两手儿么两手儿么
摘呀摘一篮。

花椒刺儿长得尖，
一扎扎在奴胸前。
快快儿么快快儿么
拿根银针剜。

（闻喜李振龙唱述　李金海整理）

剪花椒〔小调〕

大门外一树椒，
四个姑娘来采椒，
两眼儿往也往上瞟。

花椒树长得高，
手把树身摇几摇，
遍地儿是也是花椒。

花椒叶儿长得繁，
左脚踩来右手扳，
煞时儿剪也剪满篮。

花椒刺长得尖，
一扎扎到奴胸前，
快快儿银也银针剜。

花椒根，扎得深，
铣铣剜来斧斧锛，
锛死你呀花椒根。

（闻喜李振龙、李井泉、李思忠唱述　闻喜县文化馆整理）

花儿开［呱嘴］

一个老汉爱抽烟，
长杆烟袋三尺三。
清早来在庙台前，
光拿烟袋不拿烟。
走到人窝人都散，
涎水吊下一尺三，
伤感花儿开。

二十四五正当年，
不务正干好打拳。
一拳把人打死了，
拉拉扯扯送到官。
爹娘哭来妻子怨，
一家大小难团圆，
后悔花儿开。

一个婆娘爱抹牌，
想靠抹牌来发财。
黑夜白天坐牌场，
输了偷把粮食卖。

男人下苦没饭吃,

一窝娃娃缺穿戴,

倒灶花儿开。

（临猗李文元唱述　王彬整理）

姐姐搅水妹妹担［呱嘴］

姐姐搅水妹妹担，

浇得杨树圪溜弯。

妹妹脸，是好脸，

胭脂香粉搽半碗。

妹妹头，是好头，

吐口唾沫抹个油。

妹妹身，是好身，

绸子衣裳穿一身。

妹妹手，是好手，

金银箍子戴满手。

妹妹腿，是好腿，

桃红喜裤绷得紧。

妹妹脚，是好脚，

高底梅花圪垛垛①。

妹妹好，妹妹巧，

就是不会把水搅。

注：①古时候妇女穿的高底鞋在地上踩出的鞋印像一朵朵梅花。

红石头，绿豌豆［呱嘴］

红石头，绿豌豆，

我去娘家赶忙牛①。

公公犁，女婿耙，

我在后头打坷垃②。

走路哥，别笑话，

吃饼馍，卷菜瓜，

咬一口，脆沙沙。

（垣曲王泽霞唱述　申大局整理）

注：①忙牛，农活正忙的时候的牛，旧时牛是做农活的主要"动力"，所以一般农活大忙季节，牛也忙了。

②坷垃，由于下雨土地结成的土块圪瘩，也叫胡墼。

十二月典故 ［小调］

正月里来正月正，
李闯王领兵到北京。
崇祯缢死煤山上，
拔剑自刎是李自成。

二月里来龙抬头，
七龙八虎下幽州。
两狼山困住杨家将，
七郎儿搬兵不回头。

三月里来三月三，
秦琼大战临潼山。
临潼山上大救驾，
铜打杨广救李渊。

四月里来麦梢黄，
曹营搬去徐庶娘。
徐庶孝儿把娘救，
十里长坡别刘王。

五月里来五端阳，
刘秀十二走南阳。
正走南阳迷了路，
石人石马站两旁。

六月里来热难当，
赵匡胤吃酒下南唐。
保杀四门刘金定，
保定国舅坐汴梁。

七月里来七月七，
天上牛郎配织女。
夫妻二人一见面，
兴喜言好意不欢。

八月里来八月八，
刘全阴曹去进瓜。
进瓜已毕还朝转，
唐朝国内招驸马。

九月里来九重阳，
天波府搬兵杨七郎。
当朝遇见潘仁美，
乱箭射死少年郎。

十月里来十月一，
孟姜女去送寒衣。

到西不见夫郎面，
咬指滴血认骨尸。

十一月里来立了冬，
孔明台上祭东风。
祭起东风连山震，
火烧曹营百万兵。

十二个月整一年，
刘关张兄弟在桃园。
起誓扶汉三结义，
乌牛祭地马祭天。

（盐湖区吴明唱述　冯存弟整理）

十二月小调［光华秧歌］

正月里，正月正，
正月十五齐观灯。
大红灯笼门前挂，
儿女应当敬双亲。

二月二，龙抬头，
蝎子蚰蜒钻葫芦。
一龙治水雨水好，
预兆今年大丰收。

三月里，是清明，
烧钱挂纸祭祖茔。
养儿育女受苦累，
光宗耀祖有来人。

四月里，麦梢黄，
昔日穷人恨天长。
犁种锄耧牛马苦，
糠菜糊口饿肚肠。

五月里，五端阳，
糯米粽子包砂糖。
屈原汨罗江中死，
后人吃粽念忠良。

六月里，酷暑天，
火红日头晒一砖。
农家期盼连阴雨，
雨露滋润好收田。

七月里，七月七，
天河牛郎会织女。
相亲相爱恨时短，
苦苦离别泪湿衣。

八月里，月儿圆，
西瓜月饼献老天。
月到中秋分外明，
人间阖家大团圆。

九月里，九重阳，
梨果柿枣格外香。
软黍焖饭多可口，
人到老年幸福长。

十月里，天气寒，
冬祭祖先又一年。

儿女村口汤衣送①，
免得父母受饥寒。

十一月，数九天，
经营副业应当先。
广开财源多挣钱，
莫把冬忙当冬闲。

十二月，整一年，
总结经验做灯前。
一年要比一年好，
迎来幸福万万年。

（乡宁刘希贤收集）

注: ①指十月初一祭奠去世的先人,要烧纸糊的衣服、被褥等,名曰"送
寒衣"。

十秃子［呱嘴］

大秃子坐高官穿绸挂缎，

二秃子开盐店广有银钱。

三秃子贩私盐肩背磨烂，

四秃子提水烟两手不闲。

五秃子敲过鼓吃过饱饭，

六秃子卖凉粉赚点零钱。

七秃子牵骆驼歇过大店，

八秃子卖蒸馍赚些底面①。

九秃子拾干柴一回一担，

十秃子自作孽双眼不见。

（夏县吴引弟唱述　续治中整理）

注：①底面，做蒸馍面胚时撒在案板上防止粘连的面粉，当地俗称为"扑"。此句是说明卖蒸馍利润很微薄。

十字歌〔呱嘴〕

一字好像一道河，
二字两划单摆着。
三字好像王字样，
四字门儿紧关合。
五字盘腿家中坐，
六字三点起风波。
七字腿儿往上翘，
八字眉毛斜岔着。
九字金钩树前挂，
十字穿心两道河。
顺念十字还犹可，
倒念十字实难学。
十字头上添一撇，
千金小姐在绣阁。
九字旁边写鸟字，
斑鸠唱得太平歌。
八字下面写刀字，
分家不如同居乐。
七字头上写白字，
皂龙皂虎皂山河。

六字下面写个叉，

交朋交友兄弟多。

五字旁木下加口，

梧桐树上凤凰落。

四字下面写马字，

骂声董卓谋山河。

三字中间加一竖，

王孙公子早登科。

二字中间写人字，

夫妻同床夜夜乐。

一字中间写了字，

子子孙孙在朝阁。

（运城市孙尚元唱述　侯安吉、杜胜林整理）

四季果儿 ［呱嘴］

头杏儿，我当先，

二月果子涩吧酸。

三月樱桃搁暑天，

四月李子甜又鲜。

五月石榴疙疙瘩瘩，

六月葡萄一串串。

七月枣儿青红各半，

八月肖梨①黄又甜。

九月柿子甜又软，

十月核桃搁到新年。

（夏县李珊瑚唱述　续致中整理）

注：①肖梨，即黄肖梨。果样好看但不好吃，这里可能为凑数。当地用"黄肖梨中看不中吃"来形容某种人。

交朋友［呱嘴］

挨啥人，出啥人，

跟啥人，成啥人。

挨上勤勤没懒的，

挨上吃嘴没攒①的。

挨上巫婆会跳神，

挨上贼娃会偷人。

挨上赌博爱玩赌，

挨上王八②会打鼓。

跟上文人文章通，

跟上勤农粮满仓。

跟上能工无对手，

跟上精商生意隆。

不信你在世上看，

朋友好歹两分明。

好朋引你前程远，

歹友引你上贼船。

好朋引你当富汉，

歹朋引你坐牢监。

（夏县刘聚贤唱述　续致中整理）

注：①这句是说，吃嘴的人，就攒不下好吃的东西。

②王八，旧时对吹鼓手的贬称。

还是积德高 ［小调］

世上好事忠和孝，

勿依小人行不高。

莫学小人谋食不谋道。

要学那富贵不淫是英豪。

[五更愁] 倪俊把火烤，

哎哟，柳节坐一宵。

周仁报恩舍妻留嫂，

哎哟，赵太祖送妹苦担劳。

[背弓落] 富贵休夸，贫穷莫告。

为名利究竟不如为善好，

积金银细想还是积德高。

（古旧抄本）

卖花 ［小戏］

男：清早起床来，

　　花园门儿开，

　　采一担鲜花大街市卖。

　　担子两头翘，

　　绳子要拴好，

　　怕只怕花篮儿扎也扎不牢。

　　担子担得欢，

　　抬头用目观，

　　不觉起来在了小姐楼门前。

　　低头想一番，

　　喊声叫连连，

　　引得那意中人到呀到外边。

　　（白）卖花儿哩！

女：姑娘在楼上，

　　听见卖花郎，

　　她叫我下楼来看呀看端详。

男：小姐出楼门，

　　活活①喜煞人，

　　好一似天仙降呀降来临。

女：丫环出楼门，

望见卖花人，

假意儿买花来试试他的心。

丫环走上前，

手儿拉花篮，

问这枝花儿你要多少钱？

男：花儿实在鲜，

芍药并牡丹，

黄刺玫开得赛也赛铜盘。

红花开得鲜，

白花赛雪山，

金菊花对面串呀串枝莲。

花儿心上心，

银子值三分，

我不要铜钱要呀要纹银。

女：开口太地大，

三分银不戴它，

再添上三分我戴也戴银花。

男：银花不时鲜，

鲜花赛凤仙，

你好比貂蝉女由呀由你拣。

女：红花赛火炎，

白花赛雪团，

花比花儿和奴情呀情意连。

男：小姐年纪轻，

说话真聪明，

你讲的话儿我呀我爱听。

你我情意深，

花儿我送给，

带回家去敬一敬你的心。

女：花儿你送给，

表表你的心，

你我二人情呀情意深。

男：你我有姻缘，

女：花儿作证见，

合：等以后天开眼你我得团圆。

（永济县文化馆记录）

注：①活活，"真是"的意思。

卖绒线［小戏］

男：货郎我本姓张，

　　家住张家庄。

　　我担着担儿出呀出了庄，

　　摇着布郎鼓儿下了乡。

女：丈夫他不在家，

　　带信要荷包。

　　你不捎绒线呀，

　　荷包用甚绣！

男：东街到西街，

女：找个货郎来。

男：看见一位大嫂，

　　站在大门外。

　　货郎把鼓摇呀，

女：奴家我把手招呀。

男：你不用把手招，

　　货郎我自知道。

女：货郎你听话呀，

男：大嫂你说的啥呀？

女：问一问货郎子，你都卖些啥？

男：一来卖白布，

二来卖蓝布，

我卖那白布蓝布还有月白布呀。

女：一不要白布，二不要蓝布，

我不要那白布蓝布和你的月白布呀。

男：一来卖铜钉①，二来卖钢针，

我卖的铜钉钢针还有红头绳呀。

女：一不要铜钉，二不要钢针，

我不要那铜钉钢针和你的红头绳。

男：大嫂你当听呀，

女：货郎你说话呀，

男：问一问大嫂，你到底要买些啥？

女：货郎你当听呀，

男：大嫂你说话呀，

女：把你那红丝线给我拐②两架。

男：红线拐两架，忙往肩上搭，

问一问大嫂，你还要些啥呀？

女：货郎你当听呀，

男：大嫂你说话呀，

女：把你那个绿丝线给我拐两架。

男：绿线拐两架，忙往肩上搭，

问一问大嫂你还要些啥？

女：货郎你当听呀，

男：大嫂你说话呀，

女：把你那白丝线给我拐两架。

男：白线拐两架，忙往肩上搭，

问一声大嫂，你还要啥呀？

女：货郎你当听，

男：大嫂你说话呀，

女：你这线一共能值多少钱呀？

男：大嫂你当听呀，

女：货郎你说分明，

男：我这线一共值那铜钱五文整。

（白）能值五文钱！

女：（白）能值五文钱？

　　货郎子你听话呀，

　　我家没有铜钱呀！

男：没有铜钱怎么敢来要我的线？！

女：我家有鸡蛋呀，

男：我要的是铜钱！

女：（白）拿我的鸡蛋，还顶不了你这铜钱么？

男：大嫂子你真麻缠，

女：货郎子你当听呀，

女：到我家里去，

　　打两个鸡蛋，吃一碗干面，

　　喝碗糖茶，歇歇缓缓，

　　歇歇缓缓，再喝碗糖茶，你就到别处去吧。

（白）货郎你走吧！

男：走哩！

（河津市）

注：①铜钉，旧时衣服上的装饰配件。

　　②拐，从肘部到手的虎口缠绕线子叫拐线子。也有用栳子（木制工字形工具）拐的。

114

卷二

村风闾俗

CUNFENGLVSU

俗

演礼［婚礼曲］

来请红爷①笑哈哈，
新郎与你把头磕。
娶妻生子子生孙，
三辈子不忘红爷恩。

作伴先生②喜洋洋，
明日请你陪新郎。
子龙保定刘先主，
甘露寺中称刚强。
君臣二人一同去，
回来龙凤配成双。

请出二位扶女婆③，
新郎与你把头磕。
开脸④你把心用上，
免得瓷瓦划破伤。
滚脸蛋儿⑤用一双，
然后再用枣儿汤。

账房先生请出房，

新郎叩首礼应当。
若有礼来先上账，
后开请帖免思量。

先把陪客⑥请出房，
明日客来你莫慌。
左为下来右为上，
免得新亲笑一场。

厨房大师傅你今忙，
你的手段比人强。
煎烧烹炒都要行，
火功到了味美香。
开席封⑦儿少不下，
再与你敬碗鸡蛋汤。

拜各执事⑧理应当，
明日开席要整端。
新人进门大家忙，
点烛铺毡打醋坛⑨。

知己厚友临门庭，
新郎磕头喜气生。
今日到此来恭贺，
明年还有喜酒喝。

演礼一毕入洞房，

今晚耳授⑨一时光。

明日夫妻来相会，

好像织女会牛郎。

（古旧抄本）

注：①红爷，媒人或称月老。

②作伴先生，伴郎。

③扶女婆，伴娘。

④开脸，结婚举行婚礼前夕，新娘脸上的胎毛利用瓷器破片的锋刃剃除，表示已成年。

⑤滚脸蛋儿，新娘开脸后，要用一对熟鸡蛋在脸上滚一滚。

⑥陪客，即婚礼间专事招待客人的人，又称"招客"。

⑦开席封，即现时的红包，答谢厨子。

⑧执事，婚礼间其余办事人员。

⑨打醋坛，新妇进门时要打破一个醋坛子，其意不详。

瞭花轿［婚礼曲］

花轿进了村，好像燕子飞。

花轿进了巷，家家都兴旺。

花轿到门前，四季保平安。

花轿落了地，两头亲家都和气。

抬轿抬得我乏哩，干草把儿我拿哩。

抬轿抬得我热哩，小话还是我说哩。

袄袖一挽，闲人走远。

袄襟一抃①，靴子蹬展。

一瞭新，二瞭笑，三瞭新人下花轿。

下花轿，铺红毡，

脚扎②轿杆一点点。

五谷盘，怀中抱，

绣花鞋，真荣耀，

青铜色裿子外面照。

送姑子，站两旁，

鼓乐一响迎新郎。

新郎向前鞠一躬，

新娘这里看分明：

毛蓝裤，浅蓝袖，

外套马褂葡萄青。

头戴礼帽插金花，

脚穿高底身披红。

跑堂③的，不是人，

不掏封子不开门。

开了门，过鞍鞯④，

过了鞍鞯打花脸⑤。

一撒金花来得快，

首先就把天地拜。

二拜天地来得忙，

急忙拜过土地堂。

拜过天地拜祖宗，

还有爹娘和亲朋。

走到上房抬头看，

上盖九间朝王殿⑥，

中有三间议事厅，

东西两面是厢房。

又到汉口捎的西洋灯。

那岸院，是饭厦，

大锅大灶大风匣，

案上放得醋圪垯⑦。

路南厦是路北场，

车茎仰前是马坊。

起花石槽⑧，

黑狗狸猫，

槐木炮杆⑨，

溜溜梢鞭。

核桃木轿车银铛挂，

青眼骡子一对牙。

下有娘，上有爹，

光景过得真平整（zhie）。

众位乡亲不要走，

四个盘子一壶酒，

众位乡亲不要跑，

干草把⑩塞到锅灶窑。

迎亲歌儿我唱完啦，

新人明年生个状元郎。

（盐湖区马向振唱述　李富胜整理）

注：①一扑，这里是说把衣襟角提起束到腰带上。

②脚扎，脚踩踏。

③跑堂，指宴席时的端茶送饭的人。

④过鞍鞯，旧俗新人进门时要从鞍鞯上跨过。

⑤打花脸，指在新郎及其父母脸上涂红或黑颜色以表喜庆。

⑥朝王殿，这里是形容新郎家北房的夸大说法。

⑦醋圪垯，盛醋的瓷瓶。

⑧起花石槽，刻花的（动物饮食用的）石槽。

⑨炮杆，牲口拉犁时用的农具构件。

⑩干草把，婚礼上用的以谷草捆绑成的草把，作为吉祥物。有

些地方叫"草把娃娃"。

新郎行礼歌 ［婚礼曲］

鸭子①吹响鼓敲起，

嘉宾亲朋来贺喜。

新郎新装新鞋帽，

披红插花来行礼。

姥姥家，头一礼，

舅舅妗子全提起。

还有上辈老舅家，

撩起裹裹②都收礼。

外甥磕头行大礼，

过后不要耍脾气。

老姑姑，小姑姑，

三辈姑姑齐招呼。

老姨姨，小姨姨，

所有姨姨都有礼。

远高客，近亲戚，

叔伯婶子和阿姨。

亲哥哥，好嫂嫂，

还有姐姐和姐夫。

东邻家，西舍家，

南北对门伯婶家。

杀猪的，拽绳的，

扛着杆子搭棚的。

炒菜的，把案的，

帮厨端盘洗碗的，

还有那砸炭生火的。

抬轿的，收礼的，

安席摆桌照客的。

凡来的，没提的，

所有看热闹的吃席的。

礼行毕，席动起，

春光满院大家喜。

（乡宁刘希贤收集）

注：①鸭子，即唢呐的别称。

②撩起裹裹，指用手把上衣前襟提起，以便盛放东西。

新婚颂歌［婚礼曲］

干草头①，霸王鞭，

五子登科②飞上天。

双双核桃双双枣，

夫妻二人掬得好。

砖包院子石灰墙，

对门马坊隔壁场。

虎头头，银玲玲（lielie），

光景越过越平着（piezhie）。

进门土地堂，

家有万担粮。

娶妻生贵子，

贵子状元郎。

称食豆③，抱怀中，

媳妇进门花盈盈。

秤是攀金钩，

斗是聚宝盆。

尺能度长短，

斗能量金银。

上了炕，踩四角，

四角神灵保护着。

儿多着，女少着，

夫妻二人常好着。

新人进新房，彩绸挂新墙。

揭开红罗帐，一对好鸳鸯。

（万荣王仲高唱述　李云整理）

注：①干草头，即前文的干草把。

②五子登科，这里是对鞭炮的吉祥叫法。

③一种礼俗，具体不详。

新娘乐〔婚礼曲〕

四个礼宾站两行，
四个鼓手分两旁，
我女婿披红插花立当中。
送姑迎姑接新郎，
吹鼓手礼宾高声唱，
我夫妻拜华堂。
一家人嘻嘻又哈哈，
亲戚朋友笑撒撒。

奴的心儿想一想，
奴的眼儿望一望，
左右一对龙凤合配五彩玻璃灯，
照得满院明晃晃。
想起来今晚入洞房，
奴家心里喜洋洋。

拜罢天地入洞房，
女婿他手端米斗①前面行，
媳妇我穿袍戴冠随后跟。
缠子槛子②拿在手，

旁边的小儿跟上欢迎。
思想起今晚入洞房，
奴家心儿喜洋洋。

奴的心儿想一想，
奴的眼儿望一望，
中有一对洋戏匣子③，
外国来的自鸣钟，
满屋里响叮咚。
思想起今晚入洞房，
奴家心儿喜洋洋。

柳叶眉来杏子眼，
樱桃小口糯米牙，
馄饨耳朵乌黑头发，
脸蛋胭脂染，
两耳坠金环。
美貌赛过女貂蝉，
窈窕淑女实好看。
身穿衣裳龙凤合，
金线花花上边描。
绣对蜜蜂单闪翅，
一个飞来一个跳，
飞舞齐下真逍遥。
雪白手红指甲，
一对胳膊赛藕瓜。
文明镯子珍珠玛瑙，

凤凰汗巾手中拿，

走过里（来）真飘洒。

罗裙绣一对牡丹花，

鱼儿钻莲上面扎。

金莲小来小金莲，

小小金莲三寸三。

把把结结扭扭捏捏，

穿一对红绣鞋，

鞋帮绣蝴蝶。

罗裙下缀一对小银铃，

叮儿当嘟真好听。

沟蛋子好像是凉粉坨④，

奶奶好像扑粉盒⑤，

你看看我来我瞅瞅你，

一夜没睡着。

看起来，

我俩能搁着⑥，

你看快乐不快乐！

注：①米斗，旧式婚礼在新媳妇进门时有用五谷粮食向新妇抛撒的习俗。即用量米的木升子盛有各种粮食一把一把地向媳妇头身上抛撒，此处可能与之同义。

②缠子槛子，旧时举行婚礼时新娘手持的一种吉祥物，具体不详。

③洋戏匣子，旧时对留声机的叫法。

④沟蛋，即屁股；凉粉坨，用淀粉熬制的食品，熬成装盆冷却成坨状，白嫩光滑富弹性。此处以其形容新妇肥大丰满。

⑤扑粉盒，一种用锡打制的装铅粉的盒子，总高约20公分，盒体像一只小碗，盖子像一只大海螺。此处是用来形容新人胸部健康坚挺的意思。

⑥搁着，意思是能合得来。

新婚头一天 [婚礼曲]①

王桂花来好喜欢，
奴这是新婚头一天。
鸾凤彩轿执事伞扇，
巷道都摆满，
鞭炮响连天。
侍女的左右把奴搀，
坐上花轿忽闪闪。

身穿一领金凤袍，
腰系玉带翡翠绦。
红绸盖头彩霞帔，
绒花凤冠头上摇。
翠蛾鬓前挑，
一个飞来一个跑，
险些闪了奴家腰。

亲戚朋友站两行，
一对宾相伴身旁。
夫妻披红戴花立中央，
行礼拜花堂。

一家人嘻嘻哈哈，

都把奴来望。

手牵红绸入洞房。

五谷钱儿②撒身上，

多福多贵多儿郎。

长命面儿③合欢酒儿，

交杯又换盏，

羞得人红了脸。

偷眼看他像五子登科中状元，

奴似天仙下了凡。

柳叶眉来杏子眼，

樱桃小口糯米尖，

黄亮耳坠，雪白脸蛋，

酒窝分两边，

嘴唇胭脂鲜。

今日里花骚骚巧打扮，

好像戏台上花小旦。

金莲小来小金莲，

小小金莲三寸三。

巴巴结结扭扭捏捏，

穿对红绣鞋，

上面绣蝴蝶。

鞋带上吊着一个小铃铃（lielie），

叮叮当当真好听（tie）。

（闻喜县文化馆）

注：①此歌闻喜和临猗两种本子大致相同，今取闻喜本。

②五谷钱儿，参看后文《撒五谷》。

③长命面，即长寿面，新婚第一顿晚饭要吃"长命面"。长命面是一种由家里人员全换（夫妻和美，父母俱在，儿女双全）的女人和好擀开，让新妇一刀不停连续切完的细面条。吃时盛一碗，新郎倒坐于房门槛上，先吃几口，然后递给新娘吃完，此俗叫做"吃长命面（chenieqier）"。

撒四方①［婚礼曲］

一撒东方甲乙木，

郭暧金枝满床笏。

二撒南方丙丁火，

刘秀梨花结丝罗。

三撒西方庚辛金，

六郎招亲柴郡主。

四撒北方壬癸水，

刘备过江招亲回。

五撒中央戊己土，

满门喜庆待嘉宾。

一撒草料与牛马，

二撒核桃枣儿与诸宾。

三撒铜钱都挣去，

四撒新人出轿门。

左手石榴生贵子，

右手抱瓶结良缘。

先论脚来脚儿小，

后论手来手儿巧。

论手论脚保平安。

（古旧抄本）

　　注：①撒四方，即撒五谷，婚礼中从新妇进门开始用事先以升子盛好的各种谷物及铜钱，向新妇头面部抛撒，直至新妇走进彩棚下站定。此处是按照五行方位来撒的。

撒五谷〔婚礼曲〕

点干草，跑得快，
火烧四方妖和怪。
点干草，跑得狂，
今天要庆龙配凤。
红小炮，霸王鞭，
五子登科窜上天。
干草一点，闲人离远：
穿白的，戴孝的，
双身老婆快要的，
还有属相犯冲的，
偷鸡摸狗胡闹的，
对待老人不孝的。

抓把五谷地上撒，
喜气满门笑哈哈。
一撒金，二撒银，
三撒富贵来家门。
唢呐吹，铜锣敲，
我接新人下花轿。
挤的挤，拉的拉，

人人都把新人夸。
新人容貌生得好，
四十八村都难找。
乌黑头发雪白脸，
柳叶眉来杏子眼，
好像仙女下尘凡。

家妆陪得实在玄^①：
八仙桌子漆得红，
太师椅子摆两旁。
描金柜子包角箱，
衣盆架铜脸盆。
白铁果盒冰铁灯，
菱花镜子两面光。
梳头盒儿螺钿镶，
打开箱柜里面看。
拾锦缎子真耀眼，
湖绸裤袄镶花边。
棉的棉，单的单，
印花包袱裹得严。

一撒银，二撒金，
新媳妇真是有福人。
四合院，油漆门，
一对石狮把宅门。
槽头六畜兴旺，
地里五谷丰登；

新郎南学供书，

来年金榜题名。

撒五谷歌儿唱完啦，

快请送客迎客入席吧！

（古旧抄本）

注：①玄，玄乎，出乎意料的意思。

十撒五谷［婚礼曲］①

迎新人，进新房，
新砖铺地石灰墙。
花纸扬敞头上顶，
红丝彩穗五尺长。
红漆桌椅红板凳，
四幅画屏挂当中。
新人进门撒五谷，
端起五谷先撒床。
一撒金，二撒银，
三撒今日喜临门。
金玉满堂三元新，
四撒四时把财进。
五撒五子登金榜，
六撒儿女配成双。
七撒多福又多寿，
白头偕老喜洋洋。
八撒撒到炕里边，
生个小子中状元。
九撒撒到床外面，
养个儿子做大官。

十撒撒到枕头上，

养下女儿当娘娘。

（万荣王仲高唱述　李云整理）

注：①这是在新房里面撒五谷，有些地方只在新妇进门时撒向新妇。

洞房歌［婚礼曲］

馄饨汤，摆四角，
四角娘娘照护着。
要来来个成才的①，
不要吃烟抹牌的。

（盐湖区普属仁唱述）

注：①指生孩子。

入洞房［婚礼曲］

（入洞房）

叫新郎，莫要忙，

且退后来让新娘。

问你让她因何故？

抓儿养女那一场。

莫要支来莫要拉，

你把洞房让与她。

今晚夫妻入罗帐，

金针刺破牡丹花。

（拜子宫娘娘）

进门先拜子宫娘，

红绫锦被象牙床。

一年生一个，

十年生一夥夥。

（踩四角）

新郎上炕踩四角，

准备来年儿女多。

五年里头生三子，
状元榜眼探花郎。

（揭盖头）
观见新人二八春，
乌云以上找扎髻。
新郎卸去西川锦，
露出笑脸更玉真。

（交拜）
夫妻交拜在洞房，
合欢杯中把酒尝。
天上牛郎会织女，
人间才子配佳娘。

（交杯）
扎角夫妻①蜜和油，
夫妻饮了到白头。
一交杯来二交杯，
荣华富贵渡春秋。

（拔金花）
新人拔去头上花，
新郎拿去席边插。
上炕插在席边上，
儿孙辈辈都荣光。

（子孙调）

双双核桃双双枣，

新郎袄袖都装了。

吃尽核桃用尽枣，

今生儿女定不少。

（礼毕）

演毕礼当然，

新郎请外边。

执宾把斗封②，

扶女你上前。

（古旧抄本）

注：①扎角夫妻，即少年夫妻，古时候男女到一定年龄要举行冠礼，头发要扎成角状。有地方也叫"圪招夫妻"，同理。

②封斗，把装五谷的升子用黄表将口儿封起来。

送房歌［婚礼曲］

男：三星在天夜未央，
　　两盏银灯照洞房。
　　她不迎来我难往，
　　好似张生望红娘。

女：众姐妹心喜欢，支支闪闪，
　　怎晓得奴有事不好贪玩。
　　我有心共他们各行方便，
　　初到家爱新郎怕人作念①。

男：双手拍环忙又忙，
　　唤声小姐下牙床。

女：忽听门外闹嚷嚷，
　　急急忙忙下牙床。
　　往前走，细端详，
　　明星朗朗照洞房。

男：院静无人月转廊，
　　衣帽整齐望娇娘。

女：提罗衣，下牙床；
　　推菱花，照一照。
　　稳一稳头上红花，
　　整一整身上衣衫。

籔一籔奴的裙边，

捏一捏奴的金莲。

男：洞房内，响叮当，

像是新人到门上。

女：捧红沙，喜洋洋，

原是伴宾送新郎。

害羞不敢抬头望，

偷眼观看奴新郎。

今日仿比②七月七，

织女牛郎会姻亲。

门外仿比一河水，

伴宾仿比鹊雀桥。

男：喜今朝，借鹊桥，

渡银河，路逍遥，

百年夫妻自今朝。

问新人住何乡，

贵姓高名列排行？

女：（某姓某名，行某，某某村。）

男：排行姓名对我说，

扭回头儿接礼物。

薄礼不周，（某）大姐请收。

女：用手接礼物，笑脸叫哥哥。

哥你高名贵姓？

行列为几，对奴学③。

奴也有礼物，自觉太轻薄；

哥哥休笑，奴有心你请收。

男：接礼物，细端详，

新人容貌赛天娘。

柳眉真可爱，两宾花生香。

用手接春光，带在象牙床。

红罗帐中口对口，

昏昏沉沉入酒乡。

女：这几年，想新郎，

为只为，共牙床。

怨只怨，我的娘，

妆奁难办日夜忙。

喜今日，才成双，

红罗帐，粉刷墙。

凤凰喜酒闹鸳鸯，

闹得鸳鸯堂堂醉，

牙床以上露春光④。

男：凤凰见春光，展翅飞上床。

用口吹灭灯，双手抱鸳鸯。

雨露叮咚响，轻轻滴海棠。

女：用手扯新郎，请进洞房闹鸳鸯。

男：一进洞房心喜欢，

小姐与我先升冠。

女：升冠就升冠，新郎好容颜，

坐在奴床边，听奴对你言，

与奴把花下，再好说燕玩。

男：初见面，事情多，

小姐与我把衣脱。

女：脱衣就脱衣，两肩比高低。

男：小姐与生亲不亲，

脱了鞋儿上青云。

女：你亲奴喜欢，奴家与你把鞋穿。

男：倒靸鞋，倒靸鞋，

今晚穿的我妻尖相鞋。

向前走，往后退，

你们看合轮不合轮？

（古旧抄本）

注：①作念，指暗里指责。

②仿比，好比。

③学，方言，即说。

④春光，即隐私部位。

坐洞房 ［婚礼曲］

女：窈窕淑女坐洞房，

　　风吹帘儿朱翠香。

　　白昼思来夜间想，

　　何日才见奴新郎。

　　七日掐来八日算，

　　总得到了才得见。

男：弯弯曲，曲弯弯，

　　行步来到洞房前。

女：正在床上想鸳鸯，

　　忽听得门外响叮当。

　　叮当响，响叮当，

　　像是新郎到门上。

　　奴双手掀开红罗帐，

　　观见伴宾^①坐一旁。

　　开言我把伴宾问，

　　那在滴水檐前站的是奴新郎？

　　更鼓喧天送客出华堂，

　　忽听朝靴响叮当，

　　像是伴宾送新郎。

男：头戴礼帽站门上，

他见我见过九十面，
认不得学生是假装。

女：见新郎，喜心上，
奴赛过昔日齐孟姜，
不由得心中喜洋洋。

男：见娘子，喜气生，
胜似昔日崔莺莺。
雪白脸儿赛莲花，
樱桃小口露珠牙。
柳叶眉来杏子眼，
叫我心中生喜欢。

女：夜晚本是寒冷天，
新郎站在滴水檐前。
奴头发冷来腿发酸，
腰中打战心不安，
才是奴家把心担。

男：天气发冷身乏困，
客多不能把房进。

女：请新郎入洞房，
咱们二人闹鸳鸯。

男：鼓瑟吹响闹嚷嚷，
夫妻二人暗商量。

女：紧走几步到庭堂，

男：分纸马②，卖盘香，
华邑庙上求儿郎。

女：夫前走，妻随上，

男：手拖手儿喜洋洋。

女：急急忙忙到路上，

男：手扯亲亲问亲亲，

　　不知亲亲和谁亲？

女：憨呆子，福胎子，

　　奴家不和你亲和谁亲？

男：紧紧走，慢慢跑，

　　前边有个百子桥。

女：百子桥，石头多，

　　恐怕崴了奴的脚。

男：不怕的，有哥哩！

女：哥哥呀，扶奴着，

男：我扶我妻上桥坡。

女：过了桥，用目观，

　　庙门不远在目前。

男：进了庙门往上看，

　　上边有个娘娘殿。

女：娘娘殿，盖得高，

　　夫妻二人把香烧。

女：进大店，见娘娘，

男：香盘放在供桌上，

　　叫声老道把钟敲。

女：夫插香，妻化表，

　　夫妻二人忙跪倒。

男：三叩首，诚心多，

　　愿心报答神恩博。

女：或男或女送一个，

男：明年与你修金阁。

女：二人许愿一齐起，

　　仰看明烛一对花③。

男：莫非我妻你爱它？

女：爱它爱它实爱它，

　　你与奴家拨灯花！

男：左手拨来右手插，

女：怀抱麟儿④转回家。

合：明年定生个白娃娃。

（古旧抄本）

注：①伴宾，伴郎。

②分纸马，买献神用的纸糊的马等物。

③这里指蜡烛烧结的灯花，古人认为是吉兆。

④怀抱麟儿，一种求子的风俗。即献祭过神后从庙中抱走事先准备的一对男女人俑，待真正生下孩子后还愿时再送一对男女人俑。有人专司制作，还愿者付一点布施（钱）即可。

要陪送［呱嘴］①

正月里姑娘要陪送。
前行来到上房中，
见了爹娘忙开口呀，
说是二老在上听，
奴今日，要陪送，
要多要少莫害心疼。

贡缎马褂子要红青，
红盒子②皮袄要取双
被面单衫我全要呀，
胭脂粉，红头绳，
镀金扣，黄澄澄，
扬州褂子我要品红。

二月里姑娘要彩环，
叫声父母听奴言，
兰翠花花要四对呀，
插头簪，明崭崭，
金耳环，蝴蝶安
金宝银簪要新酸③。

平门柜子要描金，

白铁家具要全新，

一对镯子烧蓝银呀，

绣花高底④石榴裙，

玉石衔挂货要真，

花缎奴要拾样锦。

（古旧抄本）

注：①原歌名叫做《十二陪送》，因只残留前两段故更为此名。

②红盒子，盒子是对皮袄里的带毛皮子的叫法，也叫皮筒子，这里似乎是说要红色的。

③新酸，一种制作首饰的技术，具体不详。

④高底，清末至民初流行的一种女鞋。

闹喜娃［呱嘴］①

女大不过十七八，
没有与人②就想嫁。
与了伢③，不敢娶，
三年两年还长哩。
懒做活，好游门。
说得爹娘着了急，
央上媒人与伢寻。
不要东西④还倒赔，
银活什物都不提。
本地人，没人办，
山里有个河南旦。
河南旦，我不嫌，
还要把我女儿见。
妈妈说的作孽话，
好歹只要是汉家⑤。

正月许亲二月娶，
十冬腊月亲见喜。
丈母娘，把心担，
为她女儿受熬煎。

大势就在这两天，
不是初一是二三。
两三天，屋里钻，
忽听喜鹊树头啴。
开起门，果是真，
原是女婿笑吟吟。
问女婿，光哼哼，
说了半天没说清。
丈母娘，使个巧，
才说胎儿落了草。
包些米，拿些枣，
两把挂面不能少，
提盒⑥满得提不了。

丈母骑驴女婿赶，
打得驴儿像贼撵。
到门道，点把草，
先问隔壁他三嫂。
到院里，啥不提，
先问奶水足（ju）不足（ju）？
过了三天将头磕，
回到家里紧拾掇。
先淘枣，后磨面，
然后寻人烙干干⑦。
四六亲故我说去，
胎娃送面⑧你都来（li）。
娘家爹，舅家爷（ya），

恭喜有了外甥娃。

喜得他爷（ya）发了炸，

银活买下一铺榻⑨。

麒麟虎头银爷爷（yaya），

颠倒驴儿胖娃娃。

四颗银铃哗啦哗，

一匹红绸红辣辣。

舅家袄，姑家馍，

姨家打的百家锁。

书本儿，算盘儿，

核桃枣儿笔杆儿。

隔过门槛抓起来⑩，

看娃成个什么才。

（襄汾丁村）

注：①闹喜娃，做满月。

②与人，给人，即许与人家结亲。

③伢，人家。

④不要东西，指不要彩礼。

⑤汉家，男人。

⑥提盒，以木或竹制得装食物的用具，有鋬可提。

⑦烙干干，有些地方女人生小孩后，月子里习惯食用白面烙成的干饼子。

⑧送面，指过满月，亲戚送挂面鸡蛋表示慰问。

⑨一铺榻，一堆儿，形容很多的样子。

⑩这里指旧俗"抓七"。

祭灶歌 ［呱嘴］

灶王爷（ya），一身青，
骑白马，踩金镫。
黑天半夜上天宫。
二十三①，爷上天，
说好事，道好言，
乱宿②回来好过年。
马驮金，驴驮银，
狮子驮的聚宝盆，
全都驮进我家门。

灶爷爷（yaya），你听着，
厨房见天你眊着。
抛米撒面是一时错，
柴锅③肮脏是娃的多，
你老人家多担待着。
这糖瓜吃不了你全拿上（she），
捎给玉皇尝（she）一尝（she）。
这里与你把头磕，
上天可要把好话说。
乱宿早早回宫别耽搁，

吃我蒸下的枣山馍。

（襄汾丁村）

注：①这里指腊月二十三日，旧俗是日灶君升天向玉帝报告一年来这一户人家的优劣。人们用饴糖做的糖瓜，有些地方还要烙包糖饼子敬献他，请他在玉帝面前说好不说歹。

②乱宿，方言除夕。

③柴锅，本来指灶房，此处指家里。

祈雨歌〔呱嘴〕

啵啵啵，敲畚箕，
十二寡妇九个女，
一起跟着扫泊池，
扫净泊池下大雨。
一扫天，二扫地，
三扫勺子没舀的，
四扫筷子没挑的，
五扫锅里没搅的。

天爷爷，地爷爷，
不过三天下雨来。
柿子叶，烤黄啦，
玉谷②苗儿旱干啦，
宝贝蛋儿渴死啦，
老天爷爷救救呀！

龙娘娘，雷神神，
天上铺满五彩云。
和风细雨下三天，
写台大戏③谢天神。

（襄汾丁村）

河津、闻喜盖房上梁歌［祷词］

天开门，地开门，金银财宝滚落来。

一张方桌稳四方，上面献的猪和羊。

未曾动土请阴阳，阴阳扎在卧龙岗。

金香炉，银腊台，四盘果子桌上排。

前面大道光明，后面靠山刚强；

右边青龙治水，左边白虎安康。

中梁好似一盘龙，摇头摆尾往上行。

一把锛子两杆钻，能修皇上金銮殿。

上中梁，下中梁，上下八对分阴阳。

小斧子，叮叮响，鞭炮响起上中梁。

先栽柱，后上梁，千万要记打四方。

先打北方壬癸水，再打南方丙丁火；

三打东方甲乙木，四打西方庚辛金。

四面八方都打通，再打中央五土神。

揭开方盘大家看，小伙拾掇真麻利。

瞅着欢天喜地馍，祝告长寿乐康宁。

一匹红绫搭过梁，鲁班弟子坐当中。

先打东方甲乙木，主家盖房多照护。

二打南方丙丁火，主家盖房像花朵。

三打北方壬癸水，主家盖房实在美。

四打西方庚辛金，主家盖房多费心。

后打中央戊己土，主家盖房年年有。

半斤石头四两面①，主家蒸馍木匠散。

拾下了你是包天喜，拾不下别把木匠怨。

我的嘴儿说乏啦，掌柜给咱端茶呀！

（河津张席珍唱述　许世杰整理）

又

日出卯时太阳红，主家今日来上梁，

主人房基选得好，新房建在卧龙岗。

前有朱雀张翼，后有玄武呈祥；

右有青龙汲水，左有白虎卧岗。

根基坚如磐石，围墙固若金汤；

四柱稳似泰山，骨架赛过铁钢。

一根大梁像条龙，摇头摆尾往上行。

黄表信香缠中间，一匹红绫绕过梁。

鞭炮齐鸣震遐迩，旺火熊熊烈焰腾。

满斗白馍四方抛，三杯美酒敬神灵。

木匠师傅手持斧，口唱歌儿响叮当。

木匠本是鲁班留，手拿五尺②天下挥。

北京盖过朝王殿，南京盖过五凤楼。

西京盖过凌烟阁，东京盖过王爷府。

天下寺观和庙宇，地上馆舍与台楼。

何处不是木匠盖，何处不是鲁班修！

主人上梁日子好，吉星高照宜建修。

立柱喜逢黄道日③，上梁恰遇紫薇④游。

新房坚固保百世，大吉大利永千秋。

（闻喜王金龙唱述　王更元整理）

注：①半斤石头，当地盖房上梁时要抛撒馒头，象征性地抛撒一块石头。

②五尺，木匠用的长尺子，长度相等于五市尺。

③黄道日，旧时所谓的吉日。

④紫薇，星名。这里指紫微神。

夏县盖房上梁歌［祷词］

先打东方甲乙木，金银财宝聚满屋。

二打西方庚辛金，金门金窗玉石墩。

三打南方丙丁火，大梁头上拿金裹。

四打北方壬癸水，金门金窗往上垒。

一根麻绳软溜溜，不抓银斗抓金斗。

面猪头，佛爷手，馄饨馍①，顺斗流。

手扒云梯节节高，我上空中去一遭。

掌柜问我哪里去，我给掌柜把梁浇②。

上过头梁上二梁，二梁上去观四方。

张良看下龙凤地，周易八卦定阴阳。

一杆拐尺手中拿，锛子斧头做其他。

鲁班弟子修房起，技高工巧显神力。

先打金，后打银，辈辈传出能干人。

一打天门开，二打地门开；

三打麒麟送子来，四打幸福花常开。

馄饨馍，三斤半，金银财宝十几万。

你看好看实好看，好像朝廷金銮殿。

五间上房是通担，打到中间元宝现。

四面八方都打遍，（下缺）

（夏县杨志祥唱述　贾起家整理）

164

又

未曾动土请阴阳，阴阳好比诸葛亮。

一匹红绫搭过梁，盘儿端在我手上。

天门开，地门开，手扒云梯上房来。

上上房屋观四方，前面阳关道，后面卧龙岗。

右边青龙池水塘，左边白虎卧山岗。

盖新房来生百福，先打东方甲乙木。

大梁头上黄金裹，再打南方丙丁火。

主人盖房多费心，再打西方庚辛金。

主人盖房待③得美，再打北方壬癸水。

四面八方都打遍，再打中央戊己土。

一张方桌摆中央，桌上插着一炉香。

金香炉，银香炉，顶头插得八宝香。

八宝香，红堂堂，供桌两边献猪羊。

一把锛子一把斧，能修一个宰相府。

一把凿子一把钻，能修一外金銮殿。

进门土地堂，家有万担粮；

今年娶媳妇，明年贵子生。

一年生一个，十年生五双，

炕上着④不下，地上支个床。

地上着不下，送给隔壁她大娘。

（夏县张书林整理）

注：①馄饨馍，像馄饨样子的馒头，表示吉祥。

②浇梁，上梁的一种仪式，用水在梁上浇一浇。

③待，这里指主家犒劳木匠。

④着不下，方言，即容纳不下。

走麦罢［小戏］①

女婿：五月里麦儿扬，

姐夫来看丈母娘。

蒸馄饨，捏大馍，

黑驴子骑上咱走着。

正行走抬头用目观，

不觉来到她门前。

双斗子旗杆栽两岸，

金字牌匾挂上边。

黑漆门，扫地卷，

门前卧一对哈巴犬。

丈母：女婿说今天走麦罢，

门口望了好几匝。

看见女婿笑哈哈，

先迎楼上把话拉。

先是酒，后是茶，

四个碟子同端下。

一壶好酒热得尖②，

双手递到你跟前。

女婿：我自己吃，自己喝，

丈母不要尽让我。

丈母：先喝酒，后吃饭，

你嫂子给你擀细面。

我与你炒菜打鸡蛋，

今个肚子要吃圆。

女婿：这个饭，香又甜，

今个保险能吃圆。

吃得饱，喝得足，

妈妈丢下③我好走。

丈母：馄饨项圈④都丢下，

油食与你回上啦。

今天天气还早哩，

再熬个米汤烙薄馍。

女婿：也吃好啦喝好啦，

到屋里我还要把活干。

丈母：女婿下炕鞋扣上，

我把篮篮提上送你着。

一送送到大门口，

到屋里说我问你妈！

（河津李雪林唱述　许世杰、杨玉林整理）

注：①晋南风俗，收完麦后女子女婿要去拜访岳父母，俗称"走麦罢"。

②热得尖，热得很。一般指茶或酒。

③这里指让丈母娘留下带去的礼品。

④项圈，做礼品送人的馍馍，像玉璧的样子。

看亲家 ［呱嘴］

蓝溜鞋儿扎杏花，

骑上母猪看亲家。

亲家亲家你坐下，

给你学几句气死人的老淡话：

叫你女儿洗碗里，

她在碗里洗脸里。

叫你女儿洗锅里，

她在锅里洗脚里。

叫你女儿洗筷子，

她拿筷子打带子。

叫你女儿扫院子，

她在院里踢毽子。

叫你女儿扫圪台，

她在圪台抹骨牌。

叫你女儿扫胡同，

搭上梯子瞧学生。

学生骂她不晓事，

她骂学生吃狗屎。

学生打她几板子，

她挛①学生几挛子。

（夏县刘引弟唱述　续致中整理）

注：①挛，用大拇指与食指捏住肌肉拧。

蓝棉鞋〔呱嘴〕

蓝棉鞋，拨翠花，

骑上母猪看亲家。

亲家亲家你来哪，

搬个坐的你坐下。

给你说句老淡话：

叫你女给我烧火，

你女在锅灶哭她母（mo）。

叫你女给我做饭，

你女在饭厦唱旦①。

叫你女给我洗锅，

你女在我锅里洗脚。

叫你女给我洗盆，

你女在我盆里照（rao）人。

叫你女给我洗碗，

你女在我碗里洗脸。

叫你女给我洗碟，

你女在我碟里把屎橛（que）②。

叫你女给我扫墙（que）③，

你女在我墙（que）里哭恓惶（huo）。

叫你女给我扫圪台，

你女在圪台上跳崖崖（nainai）。

叫你女给我扫院，

你女在院里踢毽。

叫你女给我扫胡同，

你女在胡同看学生。

叫你女给我扫门前，

你女在门前树上吃榆钱。

叫你女给我搅水（fu），

你女在我井 (jie) 头捉老鼠 (fu)。

（古旧抄本）

注：①唱旦，学戏剧中的旦角唱戏。

②把屎橛，拉屎。

③墙，方言，即家中的地面，称做"地墙"。

过大年［呱嘴］

啦啦啦，年哈^①啦，

供献摆下一亩麻^②。

我爷烧香拜祖先，

我奶跟着端盘盘。

我爸扫院贴门神，

我妈剁菜捏馄饨。

我到院里去放鞭，

老鼠在家啃枣山。

先啃枣，后啃梨，

核桃啃得剩下皮。

老鼠胆，真不小，

钻到被窝里把月娃^③咬。

月娃妈，惊醒啦，

奶头疙瘩也咬啦。

（襄汾丁村）

注：①年哈，即年下。

②一亩麻，形容多而乱。

③不满周岁的胎娃。

亲家母〔呱嘴〕

"亲家母，你来啦？

叫一声，你坐下。

这不是烟锅①你吃价②，

这不是糖茶你喝价。

吃饱啦，喝好啦，

吃饱喝好说闲话。

你女儿到我家两年满，

四两棉纺了几十天。

脚底下不扫拿脚刹，

院子不扫等风儿刮，

眼眉上虮颗白刷刷。

好人屋里她不钻，

光棍屋里钻得欢。

嘴馋她能吃倒山，

花生皮扫了七八十来担。"

"二姐娃，

你往前站。

你在咱家很占先，

咋到他家不动弹？"

"家妈妈，听我言，

你甭听她老驴啴，

担茅子出圈还不算，

锄草喂头口③是常般，

回到屋里还要做饭，

双手儿端到婆跟前。"

空手拿了半截砖，

灶房里摸了一把铣，

"亲家你甭缠，

打你就在眼目前。"

（稷山王小妮唱述　任国成整理）

注：①烟锅，抽旱烟的器具。

②价，相等于"吧"，语气词。

③头口，方言，牲口。

我说留下请媒人〔呱嘴〕

花园有个养鱼池，

池里养下一条鱼。

娘要把它煮着吃，

爹要留下请客人。

哥哥要请他丈人，

我说留下请媒人。

（古旧抄本）

弟给姐拜年 ［太平年］

正月初一是新年，
小兄弟跪在姐面前，
与姐姐拜新年。

双手托起亲兄弟，
一母同胞拜什么年，
打火吃袋烟。

三袋五袋吃醉了，
我问姐姐这是什么烟?
姐姐表一番。

你姐夫走云南，
捎回了两包兰花烟，
交你尝尝鲜。

上房桌子圆又圆，
四个菜碟排中间，
将兄弟让上前。

一碟木耳搅金针，
一碟虾米烧海参，
吃个大翻身。

吃三杯，
划三拳，
忽听门外打秋千。

一个打的三献水，
一个打的珍珠倒卷帘，
一个打的刘海撒金钱，
一个打的和合二神仙。

手把云头往下看，
遍地太平年。

（古旧抄本）

看天桥① ［小调］

墙上一棵草呀，

风吹四下倒啊。

花鼓不下场啊，

必定那人在行哪。

弯腰作一个罗圈揖，

请出来的是花花嫂。

张大嫂，李二嫂，

咱们去东庄看热闹，

今年呀天桥呀高抬②高。

（垣曲刘恒科唱述　唐齐整理）

注：①天桥，即红火，或社火。

②高抬，即抬阁，闹红火时在高高的铁架子上装扮上戏剧故事，抬着行进，让人们观赏。

灯歌［呱嘴］

正月十五挂红灯，

绣阁①大嫂齐观灯。

前头是龙灯，

后头是凤灯，

二仙盘道灯，

三战吕布灯，

四四跑马跑龙灯，

五五魁星灯，

六六蛮子进宝灯，

七七牛郎织女灯，

八八莲花鱼儿灯，

九九火镰②线儿灯，

十十雪花兔儿灯，

天子门上鼓儿灯，

扑闪扑闪粉红灯，

他爹蹬，

他娘蹬，

被窝蹬个大窟窿。

点着灯，补窟窿，

娃娃冻得痴布楞登。

（夏县贾大叶唱述　张恩忠整理）

注：①绣阁，古时候专门为年轻女子设的住房称绣阁。

②火镰，20世纪五六十年代以前人们还在用的钢铁质的取火工具，用其拼击燧石片，迸出火花，将用芒硝染过的棉绒点燃取火。

观灯［小调］

正月十五月当空，
家家户户挂花灯。
唤邻居，带孩童，
不分男女月下行，
一齐来观灯。

千里单骑一盏灯，
二仙盘道两盏灯，
三战吕布灯三盏，
司马头上四盏灯，
照得那满天红。

五子夺魁五盏灯，
南斗六星六盏灯，
北斗七星灯七盏，
八仙庆寿八盏灯，
个个是神仙灯。

九凤朝阳九盏灯，
十面埋伏十盏灯，

龙儿灯，凤儿灯，

狮子滚的绣球灯，

鱼儿钻莲灯。

一对圆圆的西瓜灯，

长长壮壮的葫子灯，

稀稀碎碎的芫荽灯，

绿圪莹莹的白菜灯，

紫色茄子灯。

还有鸡儿灯，狗儿灯，

猫儿撵得老鼠灯，

兔儿灯，鸭儿灯，

吐噜噜转的走马灯，

数也数不清。

（盐湖区任来功、邓在龙唱述　姚希圣、宋坤茂整理）

姑嫂观灯 ［小调］

正月呀十五闹花灯，
大小灯笼像星星。
嫂嫂观灯前边走呀，
妹妹紧跟一溜风。

这个呀船灯亮又明，
胡氏凤莲坐船中。
妹妹就像胡家女呀，
可惜缺少个田相公。

这个灯呀是龙凤灯，
凤灯紧跟龙灯行。
哥嫂好像龙凤灯呀，
龙凤相配情意浓。

有鸡灯哎，有鱼灯，
嫦娥灯呀么宝莲灯。
红纱灯哎，绿纱灯，
扭扭捏捏么姑嫂灯。

这个灯哎，那个灯，

灯笼多的么数不清。

普天同庆贺年丰。

人间美好胜天堂。

（芮城县文化馆整理）

十女闹元宵 ［小调］

正月十五闹元宵，
姐妹提灯上天桥，
天桥那个今年搭得高。

上在天桥往下瞧，
那边故事过来了，
红火热闹实在好。

罗鼓高台前面敲，
花鼓秧歌就地跑，
高跷脑抬①扭得好。

曹玉莲走雪山，
中间洞宾戏牡丹，
刘海撒钱戏金蟾。

姐姐妹妹快来瞧，
胡凤莲她把小船摇，
《蝴蝶杯》过来了。

看罢故事游花园，

花园里边有秋千，

姐妹快把秋千玩。

大姐这里忙开言，

看罢故事回家缘，

小心爹娘把心担。

常年难得出绣阁，

今日小鸟出了窝，

要玩咱就玩个快活。

先玩个蜻蜓来点水，

再玩个燕子窜云端，

鹞子把身翻。

鸟儿出窝双翅展，

海阔天空飞得远，

元宵佳节多呀多喜欢！

（临猗李文元唱述　乔正安整理）

注：①脑抬，抬阁的一种，将故事人物装扮在铁架子上，由人扛着行走，供人们观赏。

喜虫飞［呱嘴］

喜虫飞，翅膀爹，
公公犁地我踩耙。
新女婿打袼褙①，
到屋里，
油烙馍，卷黄瓜。
咬一口，吃嚓嚓。

（古旧抄本）

注：①袼褙，即地面上的板结。

摘豆角 [小调]

日出东海望西坡，
携上篮篮摘豆角。
东头摘来西头望，
好像娘家我的哥。
叫哥哥坐在堰头上，
妹妹把话给你学：
人家公婆是公婆，
我家婆婆赛阎罗。
到家你对爹娘说，
早来三天能见我，
晚来三天我见阎罗。
叫妹妹你在堰头坐，
哥哥把话对你学：
一双冤家长大了，
她为媳妇你为婆。
一双爹娘去世了，
万贯家业由你着。
妹妹听言心喜欢，
携上篮篮摘豆角。

（河津赵春朵唱述　许世杰整理）

出阁［月调］

鼓乐儿喧天，

花花轿到门前。

灯笼火把照红天，

想必是婆婆来娶我，

［断桥］心儿里好喜欢。哎哟（重）^①

进了绣房更换了衣衫，哎哟（重）

换罗裙忙系上香丝带，

姑嫂把我搀。哎哟（重）

假意儿泪涟涟，

就是爹妈也伤惨。哎哟（重）

坐在轿上只嫌他走得慢。

轿夫们你抬端，哎哟（重）

莫要胡摇杆^②。

转弯抹角来到门前，哎哟（重）

顶盖头步步踩红毡。

来到花堂前，哎哟（重）

偷眼把他看。

观见郎君貌赛潘安，哎哟（重）

才遂了奴家的愿。

自从那年订下我，

到今日才见头一面。

咱二人本是天配良缘，哎哟（重）

一对并蒂莲。

（古旧抄本）

注：①（重），指重复唱"哎哟"前的一句。

②杆，指轿杆。

石榴花 ［呱嘴］

石榴花开红似火，
狠心爹娘卖了我。
卖下银钱全家使，
问问哥嫂陪我嗦①？

大哥陪我描金柜，
二哥陪我抽匣桌。
三哥陪我两把椅，
四哥陪的银器活。

大嫂教我织绫罗，
二嫂教我针线活。
三嫂教我做茶饭，
四嫂教我骂公婆。

只有公婆管儿女，
那有儿女骂公婆？
倘若听了四嫂话，
天打雷击受折磨。

（永济杨志长唱述　杨焕育整理）

注：①嗦，什么。

192

放风筝 ［小调］

三月呀里来百草生，
桃花儿杏花满园香。
柳叶就又发青。

叫声呀丫环提上酒瓶，
我姐妹村外么去踏青。
捎带着放风筝。

风筝呀上扎呀两盘龙，
中扎是八仙庆寿像。
下吊是九莲灯。

大姐呀放的是张君瑞，
二姐你放的是崔莺莺。
悠悠是在空中。

（古旧抄本）

光华花鼓六唱［小调］

小小花鼓圆又圆，
两头都是牛皮鞔。
今天犯在我的手，
打个狮子滚绣球。

小小花鼓打得欢，
十个女娃分两边。
千姿百态作表演，
个个生得似天仙。

打着花鼓上高山，
高山顶上一摞砖。
一脚踢得满坡滚，
敲起镝锣转大圈。

头圈转到秦王山，
站在山巅如上天。
太行霍山收眼底，
一望无际万里川。

游罢太平逛襄陵，
渡过汾水到平阳。
平阳府里大鼓楼，
半截钻到天里头。

我的表演告一段，
叔伯大婶多指点。
祝贺年内见大喜，
明年元宵会尊颜。

（乡宁刘希贤收集）

花鼓唱词［小调］

走了一家又一家，
来到一家富汉家。
前院骡子后院里马，
他家的银子用斗刮②。

门楼子高来胡同深，
搭节囤子扫地门。
当院里有个摇钱树，
上房里还有个聚宝盆。

我唱了一个又一个，
再唱一个也不多。
有心再唱三五个，
前边还有人等着。

（河津柴应冉唱述　许世杰整理）

注：①晋南风俗，春节期间村里的业余花鼓队要到他们认为应去的
人家敲打一场，叫做"振院子"，有庆祝、驱邪的意思。
②用斗刮，这里是说用斗直接刮着地面往里装。

花鼓调﹝小调﹞

我老汉今年六十三，
腰不痛来那个腿不弯吆好，
唉吆吆腿不弯，吆好！

背上那花鼓心喜欢，
浑身我就把红绸穿吆好，
唉吆吆红绸穿，吆好！

好一个花鼓圆又圆，
两头新把这牛皮鞔吆好，
唉吆吆牛皮鞔，吆好！

（春发提供）

月亮白光光［呱嘴］

月亮白光光，

女儿回来望爹娘。

娘叫心肝肉，

爹叫百花香。

哥哥叫我亲妹妹，

嫂嫂叫我吵架王。

开箱子，穿娘的，

开米仓，吃爹的。

不吃哥哥眼角食①，

不穿嫂嫂嫁时衣。

（古旧抄本）

注: ①这句说吃得不理直气壮,哥哥偷偷用眼睛从眼角示意叫她吃饭。

卷
三

苦愁怨愤
KUCHOUYUANFEN
愤

绣荷包 [小调]

初一到十五，十五的月儿高，
那春风呀摆动杨呀杨柳梢。
丈夫出门去，长年不回来，
家里丢下我女呀女裙钗。
三载桃花开，情郎捎书来，
捎书书带信信，要一个荷包带。
你要荷包带，就该早回来，
见书不见人，教奴空等待！

低头进绣房，两眼泪汪汪，
取出钥匙来，开呀开皮箱。
打开龙凤箱，尽是花衣裳，
上床盘腿坐，急忙开袱裹，
五色花缎子配好剪几角。
缎子配好了，丝线没一条，
打开针线包，钢针也没了。
急忙唤梅香，近前听心上，
你快上大街，招呀招货郎，

货郎把鼓摇，梅香把手招，

梅香前领路，货郎随在后，
将担儿担在那大呀门口。
货郎放担儿，梅香笑颜开，
叫了声姑娘快呀快出来。
移动小金莲，来到大门前，
我和小梅香来挑绣花线。
丝线挑好了，绣花针买一包，
叫声货郎哥快用纸儿包。

灯下绣荷包，心里乱糟糟，
哥哥你何日里才把妹妹叫？
一绣汉钟离，头顶双棕发，
长寿扇儿手呀手中拿。
二绣吕洞宾，头戴叶儿青，
黄丝那绦儿紧呀紧束腰。
三绣铁拐李，铁头铁面皮，
火葫芦背呀在也在脊背。
四绣张国老，骑驴过仙桥，
手拿鱼鼓儿简呀简板敲。
五绣曹国舅，不愿坐皇宫，
一心上南山把呀把道修。
六绣蓝采和，拍手笑哈哈，
邋里邋遢成呀成仙家。
七绣何仙姑，姑娘胜丈夫，
是非儿全在她那一张口。
八绣韩湘子，花篮手中提，
给母亲去拜寿重呀重礼仪。

下绣王宝钏，受苦十八年，
手提着篮儿把呀把菜剜。
荷包绣成了，该教何人捎?
这真是相思苦教人实难熬。

（古旧抄本）

哥哥走西口 ［小调］

哥哥走西口①，
小妹妹也难留，
手拉上哥哥的手
送在大门口。

送在大门口，
小妹妹伸出手，
挡不住伤心泪
滴溜溜溜往下流。

哥哥走西安，
万不敢抽大烟，
学会了抽大烟
受呀受贫寒。

哥哥走南路，
万不敢交朋友，
交上了女朋友
忘了家里奴。

哥哥走大路，

万不敢走小路，

大路上人儿多

小路上有贼寇。

歇店要歇大店，

万不敢歇小店，

大店里茶饭好

小店没调料。

睡炕要睡炕心，

万不敢靠墙根，

恐怕那贼娃子

隔墙挖窟窿。

走路要小心，

万不敢靠山根，

恐怕那野战军，

抓住当敌人。

坐船坐船心，

万不敢坐船头，

船头上刮冷风

小妹妹好心疼。

（盐湖区侯新环唱　杨静声整理）

注：①《走西口》以往只见于晋北民歌，其实在晋南也有。晋南人

越过黄河出潼关一路西行，过嘉峪关，出玉门关到西北地区谋生。在这方面除此歌外还有不少相类似的文艺作品。如前书《山陕古逸民歌俗调录》中的《出口外》、《谋生难》等长篇叙事歌。

背炭难 ［小调］

一条口袋两（lia）黑馍，
麻绳勒在胳肢窝。
黑石①磨在后咽窝，
上了盘道慢慢磨②。

背炭娃真焗惶③，
腰里揣着黍子面馍。
到窑④上，
掂着轻，背着重；
下盘道，
腰里软，腿又闪，
浑身毛起汗遮眼。
下到茶庄盘⑤，
两眼泪涟涟。
腿又软，气又喘，
破着⑥性命往前赶。

（乡宁许正堂收集）

注：①黑石，对煤炭的俗称。

②慢慢磨，指背负沉重缓慢地行进。

③焗惶，方言，即可怜，也叫悢惶。

④窑，即煤窑。

⑤茶庄盘，地名，可能曾设有茶庄。

⑥破着，方言，即拼着。

盐工苦 ［呱嘴］

盐工苦，盐工苦，

身上穿的稀巴烂。

走得慢，样难看，

手中提的中耳罐①。

出禁门②，把城转，

家中老小面难见。

买捆葱，捎把蒜，

混好吃碗打卤面。

出牛力，吃黑面，

池下掌柜心黑暗。

盐板③耀眼日头红，

半晌路都走不成。

（运城盐池李竹林收集）

注：①中耳罐，中等大小带耳的（饭）罐子。

②禁门，当时盐池设有禁墙和禁门，现在仅残留部分禁墙。

③盐板，晒盐的基础。

五层洋楼压头顶［呱嘴］

二掌铣①是叫明鸡，

小师傅是走城的。

三甲曹是看门狗，

蒸馍做饭不洗手。

老伴是个老混蛋，

老和尚整日不见面。

五层洋楼压头顶，

乌黑长夜何时明！

（运城盐池李竹林整理）

注：①二掌铣、小师傅、三甲曹、老伴、老和尚是当时盐池的五层
管理人员。

乔宥就是阎王殿［呱嘴］①

大小连成刘集成，
汴合兴的家伙就是铮②，
王恒大是养老院，
乔宥就是阎王殿。

（运城盐池李竹林整理）

注：①大、小连成、刘集成、汴合兴、王恒大、乔宥，都是清代至
公私合营前的盐场名称。

②铮，这里指厉害，特别不讲理。

半块月牙［呱嘴］

半块月牙捉犁着，
我爹娶个后姣婆[①]。
一天打得拾柴火，
半夜拾到日头落。
到家的（里），
人家吃的羊肉鸡，
自家肉汤都不得喝。
揭起锅，凉米汤，
揭起馍笼啃窝窝。
娘，娘，我死戛[②]，
点[③]个毛驴烧纸戛。
到庙的（里），敲起钟，念起经，
拉住姣婆不放松。
我摊盐，你摊醋，
咱俩吃个姣婆肉。

（古旧抄本）

注：①姣婆，对后娘的贬称。
①戛，方言，即呀。下同。
③点，点火烧的意思。

枸杞根 ［呱嘴］

枸杞根，扎得深，

我娘给我买下一条大红裙。

大红裙，扎小花，

我娘把我与了小家①。

小家公婆难侍奉，

顿顿吃饭寻不是。

抱上袄儿栽井去，

井又深，水又多，

抱上袄儿栽沟去，

沟又深，刺又多，

爬到沟口骂媒人，

媒人说我不省事，

我骂媒人吃狗屎。

抱上袄儿回家转，

到半路上对着②一个货郎担。

"货郎担，担得啥？"

"一头是调和，一头是毒药。"

"你给我包上一包好毒药。"

"小小姑娘你要毒药做什么？"

"我家园，害货③多，

黑夜碰到一堵墙，

我要毒药闹害货。"

抱上袄儿回家乡，

小姑烧火我和面，

泪颗滴在炕沿沿。

小姑烧火我擀面，

泪颗滚在案沿沿。

小姑烧火我下面，

泪颗滚在锅沿沿。

头一碗，公公的，

第二碗，婆婆的，

第三碗，小姑的，

第四碗，害货④的，

害货碗里加调和。

头一口，没尝着，

第二口，吐黄沫，

第三口，抓了骨朵⑤展了脚，

蹬倒硬墙砸了锅。

头一更死，二更埋，

第三更纳一双上马鞋。

第四更打，第五更解，

第五更打得休回来。

（万荣屈殿奎、张德整理）

注：①与了小家，许给小户人家。

②对着，方言，即碰着。

③方言称老鼠为害货。

④这里害货指她的丈夫。

⑤骨朵，即拳头。

过年谣［呱嘴］

穷人过年真是苦，
腰里别把砍柴斧。
上南山，砍柏橼，
拿到城里买成钱。
籴些米，秤些盐，
娃娃老婆好过年。
娃娃要戴玲玲帽，
老婆要买纱包头。
踢一脚，打一拳，
过他娘的是啥年！

（垣曲李敏芳唱述　普梧林整理）

红绣鞋［呱嘴］

红绣鞋，抛过街，
姐妹双双同回来。
妈妈听见女儿来，
开起门儿跌①出来。
爹爹听见女儿来，
拿把酒壶打酒来。
哥哥听见妹妹来，
四个碟儿忙摆开。
嫂嫂听见姑娘来，
一副脸儿吊下来。
不喝你的酒，
不吃你的茶，
看看爹娘就回戛②。

（古旧抄本）

注：①跌出来，跌跌撞撞得出来。

②回戛，方言，即回呀。

菜籽花［呱嘴］

菜籽花，满地黄，
小孩七岁没了娘。
跟上爸爸同床睡，
单怕爸爸娶后娘。
娶下后娘三年整，
生下弟弟比我强。
他吃面，我喝汤，
哭哭啼啼想亲娘。
亲娘坟上一苗谷，
过来过去光想哭。
后娘坟上一棵麻，
过来过去总想拔。
亲娘坟前烧张纸，
后娘坟前屙堆屎。

（古旧抄本）

花花轿 [呱嘴]

花花轿，十二顶，

哥哥穿绿我穿红。

我从我哥门前过，

我哥让我家里坐。

我哥让我喝杯茶，

嫂嫂脸儿麻①几麻。

我哥让我喝杯酒，

嫂嫂脸儿扭几扭。

不喝你的茶，

不喝你的酒，

骑上马儿就要走。

大哥送到二门口，

二哥送到大门外。

三哥送到牌楼巷，

四哥送到十字街。

叫妹妹，早晚来，

正月不来二月来，

二月不来桃花开②。

有咱爹娘多来趟，

无咱爹娘永不来!

（古旧抄本）

注：①麻木不仁的样子，或有颜面局部抽搐的意思。

②桃花开，指三月。

野雀子［呱嘴］

野雀子，尾巴长，

娶下媳妇忘了娘。

把娘背到西山里，

等着黑了①喂獾哩。

媳妇放到炕头上，

先洗脸来后洗脚。

红花褥子绿铺盖，

一条被子俩人盖。

掀一掀，盖一盖，

盖下一对臭布袋②。

（襄汾丁村）

注：①黑了，指天黑了。

②这是对不孝子女的臭骂。

苦媳妇［呱嘴］

金黄鞋，没穿烂，

公公要吃细条面。

锅里水少我没见，

就把旗子①下里边。

没嘴风匣漏漏漏，

沤沤②麦秸沤③不着。

旗子下着拿勺舀，

"你做的疙瘩④为什么？"

公公打，婆婆骂，

小姑子过来揪头发。

女婿就拿鞭子打，

打得我见死又见活。

你能打，我能挨，

打死得你一棺材。

得你孝衫千千万，

得你孝帽一簸箩。

（夏县武九枝唱述　续致中整理）

注：①旗子，即面条。

　　②沤沤，指潮湿腐烂。

③沤，方言指烧柴火。

④疙瘩，这里指面条粘成的疙瘩。

花花鞋〔呱嘴〕

花花鞋，口儿窄，
到我娘家停一月。
大哥说，上炕呀，
大嫂说，窝儿①窄。
二哥说，喝碗茶，
二嫂急得眼儿斜。
三哥说，舀碗饭，
三嫂说，锅刷干。
四哥说，喝杯酒，
四嫂光拿眼窝瞅。
不吃你家饭和酒，
挟上包袱②扭身走。
大哥送到大门外，
二哥送到巷儿口。
三哥四哥送得远，
送到街上不敢走。
一气走到街门口，
碰上娘家花花狗。
咬住裤脚衔住手，
拉我又往娘家走。

花狗花狗你别拉，

我再不回我娘家。

哥哥想待③我嫂嫂嫌，

我不愿给哥哥惹麻烦。

（佚名）

注：①窝儿，指居住的房间。

②挟上包袱，旧时人们出门用大块方布包裹衣物等叫包袱。挟
上包袱，即用胳膊抱起包袱。

③待，指招待。

回娘家 ［呱嘴］

一圪嘟蒜，俩圪嘟蒜，

我妈把我给到州州县。

打一年，不叫哩，

打二年，不叫哩，

我把毛驴吆上①寻道哩，

寻到娘家场畔②里。

我爸听到驮驴我来啦，

前后坪子扫白③啦，

我妈听到我来啦，

馍馍笼得下下啦④，

窝窝⑤挂上啦。

我哥听到我来啦，

急叫妹子上炕吧。

铺花毡，盖花被，

花花枕头立栽起。

我嫂听到我来啦，

说了声，杂不啦⑥，上炕吧。

铺毛裢，盖簸箕，

赶明冻成几圪截⑦。

我爸死了杀头猪，

我妈死了杀只羊，

我哥死了点张纸，

我嫂死了屙堆屎。

（乡宁谢朴收集）

注：①吆上，意思是赶上毛驴。

②场畔，场院。

③扫白，把地扫得光亮发白。

④馍馍笼得下下啦，把蒸好的馍馍重新蒸一下，加热，当地叫笼馍。下下啦，指从锅上取下来啦。

⑤窝窝，即窝头。

⑥杂不啦，骂人的话，意思是嫁出去的女儿是外姓人。

⑦几圪截，几段子。

蚂蚱蚱［呱嘴］

蚂蚱蚱，地里爬，

一股劲爬到姥姥家。

姥姥说"娃来啦，

赶快搭锅做饭吧。

旗花面，打鸡蛋，

娃是咱的宝贝蛋。"

妗子说：

"宝贝蛋，你稀罕，

今儿个瓦瓮①里没有面！"

蚂蚱蚱，气展啦②，

转过脸，飞走啦。

桃儿青，杏儿黄，

这辈子再不进舅家家门！

（乡宁安桂枝述　闫玉宁收集）

注：①瓦瓮，盛面的陶制小瓮。

　　②气展啦，气炸啦。

板桩腿［呱嘴］

板桩①腿，四楞楞，

我爹嫌我不成人。

成了人，是伢的②，

咱栽树，伢歇凉。

伢的院，咱扫光，

伢吃旗子③咱喝汤。

伢吃肉，咱闻香。

（古旧抄本）

注：①板桩，即矮小凳。

②这句是说女孩子长大成人就要嫁出去，成为人家的人。伢，
人家的意思。

③旗子，面条。

毛红布［呱嘴］

毛红布，用剪裁，

夜里梦见我哥来。

我哥要吃细箩面，

妹妹听说不怠慢。

粗箩担①，细箩担，

担下二斗好白面。

拿过金盆来洗手，

拿过银盆来和面。

拿起擀成一大片，

拿起刀儿一条线。

下在锅里团团转，

舀在碗里莲花瓣。

公一碗，婆一碗，

两个小孩两半碗，

案板底下藏一碗。

隔壁大嫂来掏火②，

撞翻案板打了碗。

公公拿起打牛鞭，

婆婆拾起半截砖，

打得媳妇叫皇天。

（古旧抄本）

注：①担，方言，指箩面，"担"读四声。

②掏火，旧时民间家户用布制成的"媒子"保留火种；若自家的媒子不小心火熄了，就须到别人家重新点燃，叫做"掏火"，与"讨火"意相近。

谁有工夫伺候你［呱嘴］

半夜里，真稀奇，
媳妇对他哭啼啼。
低三下四问怎样，
原来媳妇想吃梨。
你要吃梨别着急，
现在我就去赶集。

三九天，冻破皮，
老娘得病没人理。
和他要碗面汤吃，
他就瞪眼发脾气。
哼，老东西，
谁有工夫伺候你！

（古旧抄本）

花喜鹊尾巴长［呱嘴］

花喜鹊，尾巴长，

娶过老婆不要娘。

老娘要吃葱花饼，

"哪有闲钱叫你董①"！

老婆要吃黄小梨②，

一日赶了九回集。

抽出钢刀削了皮，

喂到老婆外嘴里。

"快快吃，慢慢咽，

千万别让娘看见！"

老婆搂在被窝里，

老娘送到野坡里。

管狼吃，管狗拉③，

咱有了老婆还管她！

（垣曲马明芳唱述　康民整理）

注：①董，这里指糟蹋。

②黄小梨，即黄肖梨，梨的一种。

③本句是说不管狼吃狗拉。

二十姐儿十岁郎 ［呱嘴］

二十姐儿十岁郎，
夜里睡觉还尿床。
说是郎呀不懂事①，
说是孩儿不叫娘。
等郎长大姐已老，
红花开过叶也黄。

（盐湖区赵牡丹唱述　屈殿奎整理）

注：①事，这里指夫妻生活。

石榴花［呱嘴］①

石榴花，开得红，

公婆打我不心疼。

白日打，黑夜拧②，

不是鞭子就是绳。

（万荣张德唱述　屈殿奎整理）

注：①本篇是说旧社会童养媳的苦难。

②拧，指用拇指和食指捏住对方一小片皮肉使劲拧的一种体罚。

有钱莫说后老婆〔呱嘴〕

黑老鸹，门墩卧，

有钱莫说后老婆。

说下后老婆操怜①我：

人家吃面香油和，

咱吃糠面不过箩。

端起碗，想起娘（nio），

神主②头里哭一场（chuo）。

婶子大娘都听着，

看我恓惶不恓惶！

（襄汾丁村）

注：①操怜，即折磨。

　　②神主，家中祖先的神位。

不嫁念书人 ［呱嘴］

一根竹竿十二节，
丈夫出门十二个月。
刮大风，下大雪，
不知他在哪里歇。
砖院子，土炕棱①，
至死不嫁念书人。

（河津张忠娃唱述　杨玉林整理）

注：①炕棱，炕沿。

芝麻杆［呱嘴］

芝麻杆，烧白灰，

媳妇和面打了盆①。

凉水洒了一风匣，

白面洒了一大堆。

流到锅窝冒白烟，

熏了公公一脸黑。

婆婆数落公公骂，

媳妇吓得不说话。

（襄汾丁村）

注：①盆，陶瓷盆。

走舅厦 ［呱嘴］

瓜子瓜子磕磕，

到我舅厦①门上过过。

姥姥留吃饭，

妗妗把脸变。

伤了心，

闩门门，

至死不到舅厦门，

我娘可是舅厦人。

（夏县芦兰英唱述　续致中整理）

注：①舅厦，即舅家。

只怪爹娘卖了我 ［呱嘴］

花椒树，个儿不高，
河南闺女来做小①。
受不完的气，挨不完打，
套根绳子死了吧!
脚蹬板凳手把柜，
拿起鞋底擦眼泪。
擦一擦，满脸沙，
抹一抹，一肚火。
满腹冤枉对谁说?
只怪爹娘卖了我。

（襄汾丁村）

注：①做小，做妾。

红谷苗［呱嘴］

红谷苗，生得苦，

你娘嫁到怀静府。

白日拾柴火，

黑夜做豆腐。

眼睛熬得像鸡屁股，

还不得吃碗热豆腐。

（平陆张小英唱述　曹俊峰整理）

穷汉怕过年［打岔］

正月里媳妇二月里猫，

三月里叫驴沿村跑。

四月葫芦五月檐（水），

六月里黄河大开船。

七月核桃八月梨，

九月柿子红了皮。

十月里风，十一月里心，

腊月里穷汉发了疯（fen）。

家家准备过年哩，

财主逼得要钱哩①。

财主要钱心儿狠，

要了利息还要本。

利息和本都要哩，

逼得穷汉上吊哩。

穷汉闹得②还钱哩，

不多几天过年哩。

过年哩，过节哩，

加上利息白贴哩。

有忙的，没歇的，

随后媳妇坐月哩。

小媳妇坐月凑了个钱，

眼窝瞪得圆又圆。

小媳妇坐月烧了炷香，

汉家老婆受了惊。

献猪头，挂红匾，

满口给娘娘许口愿，

这些东西都费钱。

媳妇添下一个娃，

提上东西唤娘家，

她爸她妈快来啦，

门窗关上人乏啦，

圪里陷铛③到门哈④。

（乡宁刘赘女述　闫玉宁收集）

注：①这句是说逼债。

②闹得，四处找（钱）。

③圪里陷铛，相等于"呼哎嗨呀"，无实际意思。

④门哈，门前头。

生意难［打岔］

第一难，本钱难，有本才能挣下钱；
拆东墙，补西院，时刻皱眉暗想算。
第二难，掌柜难，沉重担子不离肩；
千思想，万盘算，昼夜心中不得安。
第三难，用人难，如今世道叫人烦；
未合伙，先检点，面善心恶要防然。
第四难，理账难，生意账目是根源；
入要清，出要干，绝对不能含糊粘。
第五难，买卖难，买卖全凭跟头钱；
买的好，把钱赚，买的不好亏本钱。
第六难，卖货难，一个买主一根弦；
心要善，口要甜，总要手巧又会谈。
第七难，讨账难，冰雪在地数九天；
问一次，不见面，好像三请诸葛仙。

（河津柴民生唱述　许世杰整理）

小媳妇哭房 [河津干板腔]

我狠心哩爸狠心哩①嬷②，

为了银钱卖了我。

五两银，一担麦，

把我卖给这媳妇家娃。

我十五，伢八岁，

婆夫俩外不般配。

你说叫我可该怎！

一天像一外奶母的嬷，

伢那嬷，伢那爸，

吩咐叫我管伢娃。

管伢巴③，管伢尿，

管伢吃饭和睡觉。

这就是我那外前人④，

一天光顾操耍心。

鼻涕涎水不停哩流，

嗦⑤事不懂不嫌羞。

伢还穿哩开裆裤，

一下不走要我扑⑥。

尿去要我提上伢，

巴了我把沟子擦。

一下不对就打我，

连滚带撞叫伢嬷。

伢嬷骂我太放野，

笿帚把把得把我打。

又扯脸，又抠眼，

手到腿板哩不停哩援（挛）。

我浑身上下到处痛，

一块得黑来一块得红。

伢黑间睡觉要我脱，

睡哩是一外被子窝。

伢硬往我怀里夯⑦

还要叫我把伢搂。

腿还要合⑧我身上搭，

手还要把我奶头抓。

半夜三更伢睡觉，

常常合我腿上尿。

我揣揣伢，摸摸我⑨，

你说叫我可该怎？

看上我正（真）哩嫁了伢，

可他还是个吃屎哩娃。

人情世事全不省。

该怎么一点都不懂。

我到伢身上乱布罗⑩，

"不要睡啦瞅瞅我。

你是我那外前人，

对我你一点儿不关心。

我是你媳妇子你瞅一瞅，

快到我脸上亲一口。"

我再说，我再想，

一点嗦事都不顶。

泪颗流下一炕棱，

多候⑪等着你成人！

恨我嬷，恨我爸，

你着（叫）我嫁下一吃屎哩娃。

在伢屋里当牛马，

着（叫）我一天活守寡。

我心凉啦，心戳啦，

多候等得伢长大啦？

看看我，瞅瞅伢，

眼窝哭红泪如麻。

我恓惶可怜哭烂心，

在这世上怎活人？

我虚哭⑫，我冷笑，

我想跳井想上吊。

不了⑬我就喝个信⑭，

宁宁⑮死了没人问。

我活不成死不下，

哪一（ye）说句公道话！

眼天黑地没有路，

这难过叫我合⑯多候受？！

（《河津干板腔》）

注：①哩，即"的"。

②嬷，妈。

③巴，拉屎。

④外前人，即男人。

⑤嚓，啥，什么。

⑥扑，抱。

⑦夯，挤或钻的意思。

⑧合，向或往。

⑨此句是暗指私处。

⑩布罗，抚摸。

⑪多候，啥时候。

⑫虚哭，可能是指低声无泪的呜吟。

⑬不了，不然。

⑭信，信石。

⑮宁宁，悄悄，不作声。

⑯合，该。

骂媒婆 ［小调］

石榴女儿真可怜，
只恨花好月不圆。
姑娘今年二十一，
配了个女婿才十一。

正月十五看亲娘，
一路两眼泪汪汪。
路过媒婆大门口，
放开嗓子骂一场。

不怨我爹和我娘，
只怨媒婆丧天良。
只图财礼抽花红①，
不管我女儿受凄惶。

吃我家的肉来害嗓疼，
喝我家的酒来烧断肠。
拿我的手巾来檫汗，
十个指头烂五双。

戴我的帽来变秃顶，

枕我的枕头跌下床。

穿我的裤儿变拐腿，

穿我的鞋袜拐骨②伤。

拿我的钱来熬药汤，

药汤一喝把命丧。

死了扔到南邦地，

豺狼恶狗把食抢。

（盐湖区李悦整理）

注：①抽花红，媒人从彩礼中抽取回扣。

　　②拐骨，即踝骨。

禁缠足歌［小调］

男女儿童才初生，
四肢五官本相同。
男子身体自发展，
女儿为何受酷刑？
四岁五岁穿耳孔，
两只耳朵贯银绳。
六岁七岁把脚裹，
好似罪犯入牢笼。
五尺布条匝匝紧，
骨折皮烂肉化脓。
痛彻骨髓想开解，
细线密缝放不松。
叫声爹来爹不管，
叫声娘来有怒容。
嫂嫂说是娘为我，
姐姐骂我糊涂虫。
弟弟妹妹一旁看，
爷爷奶奶假装聋。
两手捉足大骂叫，
合家亲人不做声。

今日裹来明日裹，

五指裹成一把葱。

十四十五长大了，

两足尖尖金莲成。

脚跟不满两寸数，

脚腕一把不丰盈。

人身百斤足三寸，

终身残废苦无穷。

母也与儿同是女，

难道不知这苦情！

吐点唾沫粘点花，

咯吱咯吱缠几匝。

大娘婶子齐猛醒，

待儿待女要公平。

再莫教女把脚缠，

解开牢笼放残生。

社会男子齐猛醒，

娶妻小脚不光荣。

要娶拣个大脚板，

家庭幸福乐无穷。

知识分子齐猛醒，

快救儿女出火坑。

同心协力禁缠足，

胜似弱女亲娘生！

（乡宁胡翠兰收集）

荆条根［小调］

荆条根，扎得深，

俺爹俺娘不跟我亲。

把俺嫁到小刺沟，

吃水翻沟累死人。

拿起扁担骂媒公①，

媒公媒公心太狠。

跟俺爹娘串一通，

坑害我这苦命人。

（绛县李桂香唱述　碧水整理）

注：①媒公，相对媒婆，即男性媒人。

墙上画马不能骑 ［呱嘴］

墙上画马不能骑，
骆驼拉磨不胜驴。
没花没蝶花孤零，
熬寡不胜有男人。

（闻喜张力收集）

骂媒人［呱嘴］

石榴花，叶儿长，
爹娘卖妞不商量，
把妞卖到山圪梁。

东山割草喂牛羊，
西山担水泪汪汪，
水担放下哭一场。

不怨爹来不怨娘，
就怨媒人黑肚肠。

吃我家的酒肉出嗓黄，
枕我家的枕头出秃疮，
使我家的手巾挂灵堂。

（古旧抄本）

心头怨 ［小调］

南边飞来一群雁，
也有成双也有孤单。
成双雁飞来飞去倒好看，
孤单雁哀哀连声实可怜。
只看成双莫看孤单，
看孤单想起了奴家的心头怨。

（古旧抄本）

提起来好伤心［小调］①

提起来好伤心，
我真活得不如人。
嫁了个女婿不顺情，
窟窿②塌在我身上。

不怨天，不怨地，
单怨爹娘爱彩礼。
拿上彩礼定门亲，
把女儿送在枯井里。

叫声娘你不要生气，
女儿肚里有主意。
若能嫁与我心里人，
讨吃要饭我愿意。

（盐湖区田仙收集）

注：①乡宁有《怨爹娘》，与此歌略有不同。
　　②窟窿，指债务。

民国十三年 ［小调］

民国十三年，

蝗虫飞满天。

庄稼全吃光，

树皮都啃完。

留下个女子该咋办，

寻给人家①换碗饭。

（绛县刘凤莲唱述　靳野男整理）

注：①寻给人家，寻婆家。

英英过河［小调］

提起那有名真有名，
英英本是那陕西人，
家住佳县冯家村。
十八年遭下大年成，
接连三年没收成。
一场雨下在八月尽，
骂一声老天爷太狠心，
逼得我英英要起身。
举家人多同一心，
打兑盘缠要起身；
盘缠打兑六块银①，
咱到山西逃活命。
叶子坪过河曲峪镇，
过了黄河出了省。
路遇朋友来盘问，
说到山西去逃生。
过了黄河出了省，
从南到北由我行。
稽查陆军来盘问，
我们是些逃荒的人。

英英生得实在能，

未曾开言伯父称，

哪里有那好年成？

请你告诉我苦命人。

老伯开言把话明，

逃荒的人儿你细听：

一条大道往前行，

白文镇就是好收成。

走了一天又一天，

一天走到大坡店；

大坡店里有好人，

劝我英英务庄农。

英英手巧又心灵，

勤勤恳恳过光景。

上房里住着发财人，

常年也是务庄农。

庄农务有两道沟，

喂着两条大犍牛，

一口锅里搅稀稠②，

日月过得真得手！

（佚名）

注：①六块银，即六块银元。

②搅稀稠，即过光景。

走西口［小调］

正月里娶过奴，
二月里走西口。
这就是天遭荒旱，
受苦的人儿痛在心头。

哥哥呀你走西口，
小妹妹也难留。
手拉着哥哥的手送你在大门口。
送在哥哥大门口，
小妹妹不放哥哥的手，
有两句知心的话儿
哥哥牢牢地记在心头。

走路哥哥要走大路，万不要走小路，
大路上人儿多有说有笑解了忧愁。
坐船哥哥要坐当中，万不要坐在船头，
大河水涨风摆浪，恐怕哥哥掉在河里头。
哥哥呀走西口，万不要交朋友，
交下的朋友多，怕你受折磨；
有钱她是朋友，没钱她下眼瞅，
唯有我小妹妹天长又日久。

（盐湖区佚名）

思乡曲 [小调]

纱窗儿外来月儿正高，
出门的人儿我好心焦，
那心焦目乱呀谁知道哪！

正月儿初一是呀新年，
新娶的媳妇来祭祖先，
一搽胭二抹粉哪面前站。

一想起家来父母年高，
二想起家中姐妹同胞，
三想起贤妻哪孩儿年小。

我有心回家路远山高，
写封家信又缺顺人捎，
那心焦目乱金鸡叫呀。

一夜连两岁，五更分两年，
何时喜报哪就送来，进禄又加官，
那在外的游子呀就回家园。

（稷山马俊平唱述　马光学整理）

锄田送饭［小戏］

男：说是难来就是难，

赌博的人儿没有脸脸。

铜钱输下几十串呀，

奥嗲①又是么打来吆娘又是骂，

娃子老婆都埋怨。

抱怨的一肚子不耐烦，

取下来钩锄②去锄田。

奥东头儿么来锄到西头边，

腰又痛来腿又酸，

按下锄把吸袋烟。

又是瞌睡又熬煎，

奥输下的么来钱儿吆该把啥还？

女：桃红杏白柳叶尖，

二八佳人去送饭。

铁打得钩儿桑木担呀，

哎馍篮儿么饭罐儿两头担。

一头担的青竹篮，

一头又担饭罐罐。

呀青竹篮儿里烙油饼呀，

哎饭罐儿么来罐儿里是旗花面③。

口咬牙关换换肩，

一肩担到坡跟前。

呀上坡提起罗裙带呀，

哎下坡么来又把腿耍欢。

口咬牙关换换肩，

一肩担到地头边。

叫声男儿来用饭呀，

吃饱来么喝好再说干。

男：往常送饭来得早，

今日送饭迟半天。

逗了老子生了气呀，

奥掂起④锄把捶死你！

女：你生气来我喜欢，

你听妻来讲一番。

米无米来面无面呀，

奥缸里么来无水奴家担。

八九十月柴不干，

湿湿的柴火沤沤烟⑤，

右手拉风匣左手扇呀，

奥烟得么来人儿炕上钻。

小子⑥提了裤裤穿，

女子⑦提了袄袄穿，

若不是隔壁三婶子，

奥（做）这顿饭儿难上难！

（闻喜张秸华唱述　李金海、赵定坤整理）

注：①奥哆，方言即我爹。一下多处的"奥"字都是"我"的意思。

②钩锄，即锄头。

③旗花面，切成像小旗子一样（长尖三角形）的面条。

④掭起，即提起或拿起。

⑤沤沤烟，指柴湿燃烧时冒烟。

⑥、⑦指男娃、女娃。

农夫与妇〔小戏〕

女：桑木担，两头闪，
　　白铁罐子旗花面。
　　乌木筷子夹鸡蛋，
　　扬州笼子后面悬。
　　对门大嫂把娃看，
　　我给我男儿把饭担。
　　跳过门杆把门关。

　　走得快，闪得换，
　　一闪闪到村外边。
　　上坡费尽奴的力，
　　下坡崴了奴金莲。

男：抬起头来正晌午，
　　人家妻儿把饭送。
　　不见我妻把饭担？
　　气得我在地里脸朝天。
　　抬起头来午已偏，
　　我妻才到我面前。
　　左手扯起头发卷，

右手拾起半截砖，
狠一狠，打两砖。

女：你莫打，你莫打，
听奴我的几句话：
到你家，两三年，
东推磨子西赶碾。
老天下雨柴不干，
锅窝没柴要我添。
缸里没水要我打，
娃子哭了要我挟。
大娃哭，二娃啴，
啴得奴家心不安。
不是对门嫂子把娃看，
还要你把屎尿餐。

（襄汾丁村）

卷四

情思闺怨

QINGSIGUIYUAN

怨

送情人［月调］

鼓打五更，鸡叫天明，
站立床头打一躬，
辞别美人要登程。

［剪剪花］姐在房中闷沉沉，
忽听情人要起身。
唬掉奴的魂。哎哎哟（重）^①

厅前摆下席一宴，
我与情人饯饯行，
表表奴心肠。哎哎哟（重）

山又高来，水又深，
过河渡水要小心，
你是出门人。哎哎哟（重）

太阳未落早歇店，
雄鸡未叫莫起身，
防备有歹人。哎哎哟（重）

虽然不是真夫妻，

一夜夫妻百夜恩，

略表奴的心。哎哎哟（重）

［月尾］千留万留留不下，

耳边金环情愿奉送，

千万莫忘奴的情，听心中。

这才是，人过留名，雁过留声。

（古旧抄本）

注：①（重），说明重复"哎哟"前面的一句歌。

送情人［太平调］

一更里来月过墙，
月过墙来细端详。
美貌佳人床边坐，
［太平年］十指尖尖赛莺莺。

［年太平］二更里来月正明，
窗棂外边有人来。
用手开开门两扇，
［太平年］我把情人迎进门。

三更里来进绣房，
手拉手儿上牙床。
用手揭开红绫被，
［太平年］口咬烟袋闻花香。

［年太平］四更里来月偏西，
叫声哥哥听仔细。
妹妹胳膊你枕上，
［太平年］浑身上下交与你。

［年太平］五更里来天发白，
架上更鸡连声催。
叫声情人起来吧，
　［太平年］恐怕迟了耽搁你。

［年太平］莫要慌来莫要忙，
莫要错穿奴衣裳。
妹妹衣裳细绫袖，
哥哥衣裳袖子长。

［年太平］我送情人大门外，
手拖手儿离不开。
我问情人几时来，
　［太平年］低下头儿泪不干。

［年太平］我送情人到楼东，
下大雨来刮大风。
老天爷咋不把雪下？
　［太平年］留下情人过一冬。

我送情人到楼南，
手儿里提着两贯钱，
一贯钱你把车坐，
　［太平年］一贯钱儿作盘缠。

［年太平］我送情人到楼西，
手儿里提两只鸡。

一个鸡儿把明叫，

［太平年］一只鸡儿下酒吃。

［年太平］我送情人到楼北，

再送五里杏花村。

头上金钗掉一根，

［太平年］能舍金钗不舍人。

［年太平］我送情人五里坡，

再送五里到南坡。

关津渡口人盘问，

就说妹妹送哥哥。

［年太平］我送情人黑水河，

黑水河里石头多。

石头打破奴的脚，

［太平年］不顾生死送哥哥。

［年太平］我送情人铁石桥，

手把栏杆往下照。

水流长江归大海，

［太平年］情人一去不回来。

（古旧抄本）

送情郎［小调］

送情郎送在了大门庭，猛抬头观见了外①奴的公公。
不管他外公公不公公，手拖外手儿送情郎。

送情郎送在了外大门东，出门就遇见外刮大风。
刮大风没有外下雪的好，再留我情郎哥哥住上一冬。

送情郎送在了外大门西，抬起头来观见了外卖梨的。
情郎哥哥要吃那香脆梨，热身子怎敢吃那凉东西？

送情郎送在了外大门南，顺手儿讨出了外两吊钱。
这一吊钱你作盘缠，那一吊钱你拿回家园。

送情郎送在了外大门北，送一把钢刀外护身围。
劝哥哥莫走外羊肠道，羊肠小道上人儿稀。

送情郎送在了外十里坡，再送上五里就也不嫌多。
在路上若有人盘问我，就说是亲妹妹送亲哥哥。

送情郎送在了外五里坡，抬起头观见了外一对鹅。

靠前的走来外靠后的挪，再也瞅不见我的外情郎哥哥。

（古旧抄本）

注：①外，方言，约同于"那个"，指示代词。

送情郎［小调］

送情郎送在大门外，
手上抹下一颗戒箍①儿来，
小妹妹送情郎戴。

小妹妹送情郎戒箍戴，
你走在半路上想起妹妹来，
情郎哥你转呀就转回来。

送情郎送在五里坡，
五里坡前人太多，
拦着妹妹我。

有人来问，你该说什么？
你就说亲妹子送哥哥。

水流千里归大海，
今朝你走了哪天来？

（古旧抄本）

注：①戒箍，戒指。

送情郎［哭长城调］

送情郎送至在大门以东，
迎面那吹过来一阵风。
我问那风啊，你到哪里去？
可不可带郎到万里长城？

送情郎送至在大门以西，
正碰上骤雨来得急。
我问那雨啊，为啥这般急？
万不可淋湿了情郎的衣。

送情郎送至在大门以北，
猛抬头看见了王八驮石碑①。
我问那王八犯了什么罪？
是不是触犯了秦王法律？

送情郎送至在离村十里，
依依不舍，泪水湿了衣。
千年万载奴家等着你，
只盼望早完工你快回里。

三月里来是呀是清明，

家家户户上呀上坟茔。

人家的坟上飘白纸，

情郎哥家坟上冷清清。

（乡宁张凤莲讲述　谢朴收集）

注：①王八驮石碑，旧碑座有的是一个似龟的动物，其实那不叫王八或龟，是神话中龙的第六子，名霸下，又叫赑屃（bixi）。

妹妹送哥哥 ［小调］

五更门外送哥哥，
妹妹在家等你着。
你若一去不回来，
叫你妹妹没法活。

我送哥哥五里坡，
五里坡前人儿多。
有人问你做什么，
你就说小妹送哥哥。

我送哥哥十里坡，
十里坡前石头多。
石头绊了奴的脚，
奴家苦的对谁学①。

石头边前一条河，
涑水河里一对鹅。
公鹅扑浪浪②飞过河，
丢下母鹅叫哥哥。

（夏县芦兰英唱述　续致中整理）

注：①学，方言"说"的意思。

②扑浪浪，形容鸟儿飞的声音。

送大哥 ［小调］

我送大哥二门前，身上掏出两块钱。
一块叫你作生意，一块叫你买把伞。

我送大哥二门外，二门以外种青菜。
青菜白菜两样菜，这么好的人才你不爱！

我送大哥大门外，怀里掏出水烟袋。
我给哥哥装袋烟，问问哥哥多会能回来。

我送大哥一道梁，一道梁上卖麻糖。
芝麻麻糖糖灌心，哥哥咬开妹妹尝。

我送哥哥一道河，一道河上一对鹅。
了①的哥哥过了河，急得母鹅叫哥哥。

（古旧抄本）

注：①了，即瞭。

寻哥哥［小调］

鸡儿叫，天儿明，
寻哥哥不怕脚儿疼。

白面馍馍蒸得好，
寻哥哥今儿打了个早①。

梳了头，洗了脸，
寻哥哥我要好打扮。

出了大门一扑浪②蒿，
寻哥哥不怕山儿高。

一疙瘩黑云往西走，
寻哥哥不怕坡儿陡。

黑油头，别簪子，
寻哥哥我穿的红衫子。

小手腕，银镯子，
寻哥哥我穿的绿裙子。

红绣鞋，扎花子，
寻哥哥我穿的绿袜子。

走一步，扭三扭，
寻哥哥我不管走多少路。

见了哥哥说不完的话，
啥时候才能到一搭！

（乡宁杜散碟讲述　畅林凡收集）

注：①打了个早，起了个早。
　　②一扑浪蒿，方言，形容一棵蒿草长得很繁盛。

十杯酒 [小调]

一杯酒进房来，手提银壶把酒筛，
叫声小郎才。（重）

手提银壶斟杯酒，郎君无事到家来，
奴与你双开怀。（重）

二杯酒儿情又情，奴问郎君贵庚生？
说话小奴听。（重）

郎是正月十五生，小妹妹元宵闹花灯，
二人是同庚。（重）

三杯酒儿酸又酸，酸酸甜甜往上端，
莫嫌酒儿酸。（重）

郎说银钱如粪土，小妹妹勤俭值千斤，
郎君记在心。（重）

四杯酒儿汗淋淋，手拿团扇扇郎君，
扇动郎的心。（重）

手拿汗巾点点汗，省得郎君取手巾，
表表奴的心。（重）

五杯酒儿满五杯，情郎不吃这一杯，
便把杯儿推。（重）

情郎多饮雄黄酒，省得恶虫咬郎身，
小奴常挂心。（重）

六杯酒儿配成双，上瞒爷来下瞒娘，
瞒不过小情郎。（重）

瞒过哥哥并嫂嫂，瞒不了情深意又高，
小奴好心焦。（重）

七杯酒来进花园，手把花枝泪涟涟，
何时得团圆。（重）

花开花谢年年长，何日才转少年来？
终日会郎才。（重）

八杯酒儿桂花香，手拉手儿上牙床，
二人玩一场。（重）

手搭胸前自思想，郎君待奴好心肠，
恩爱实难忘。（重）

九杯酒儿月平西，郎君倒在奴怀里，
酒醉又昏迷。（重）

有心与郎倒酽茶②，恐怕惊醒二爷娘，
活杀奴和郎。（重）

十杯酒儿郎要走，高照银灯送情郎，
实实舍不得。（重）

送郎送在大门外，叮咛哥哥早些来，
免奴挂心怀。（重）

（古旧抄本）

注：①小辫，清代男人留的辫子。
　　②酽茶，浓茶。

放风筝［小调］

三月里来是清明，
姐妹二人去踏青，
捎带儿放风筝。
娘要问女儿哪里去?
小妹妹禀一声:
我姑娘上城东。
十里亭好风景，
万花楼上去踏青，
无事儿早回程。

姐妹哪二人往前行，
又来了个小大姐来踏青。
梳油头，黑又亮，鬓前斜插海棠青，
柳叶眉，弯似弓，杏子眼，忽灵灵，
梨花脸儿白生生，杨柳细腰紧崩崩，
三尺红绫系腰中，桑木高低中间空。
那两边，垂银铃，走一步，响一声，
叮当叮当往前行，在此放风筝。

姐妹哪二人放风筝，

又来了俩书生来踏青，也来这放风筝。
一个放的是蝴蝶，一个放的是蜜蜂。
蝴蝶好比天仙女，蜜蜂好比牛郎星。
一双蝴蝶飞上天，好似吕布戏貂蝉。
蜜蜂采花嗡嗡嗡，好似七仙女找董永。
（白）哟，大姐，你看那书生，不住
地两眼看咱们，咱们到那边去放吧。
大姐呆呆不吭声，莫非看中那书生？
叫妹妹，莫胡想，姐姐一心来踏青，
好好儿放风筝。

风筝放在半悬空，晴天忽然起大风，
刮断了风筝绳。
这回风筝没放成，怨姐姐心不净。
风筝刮落在半空中，都怨那书生。

（古旧抄本）

二姑娘得病［剪剪花］

正月里来正月正，正月十五闹花灯，
佳人喜心中。
佳人喜心中，到晚守空房。

二月里来龙抬头，王三姐梳妆上彩楼，
怀里抱绣球。
怀里抱绣球，单打平贵头。

三月里来是清明，主仆二人去扎青，
捎带放风筝。
捎带放风筝，我二人喜盈盈。

风筝放在半空中，老天不住刮大风，
忽然间断了绳。
忽然间断了绳，丢奴我一场空。

有心上前赶风筝，实实舍不下那书生，
假装金莲疼。
假装金莲疼，谁家那大相公？

主仆二人转回程，想起那人好面容，
脸蛋儿白生生。
脸蛋儿白生生，思想病上了床。

（古旧抄本）

看瓜园［小调］

六月里来天气热，
王翠花在瓜园心里快活。
今年瓜园收成好，
大西瓜，圆又圆，
吃到嘴里甜有甜。
你不信尝一尝，
一定喜欢。

晚风吹来月初升，
王翠花在瓜园心里欢畅。
月影瓜儿更是好看，
秋后买件花衣穿，
心里比瓜还要甜。
想起来不由人，
心里喜欢。

月儿当空宁静静，
王翠花在瓜园心神不定。
忽听远处脚步声，
急急忙忙上前看，

不由翠花心喜欢。

原来是心上人，

来在瓜园。

（古旧抄本）

绣绒花 ［小调］

姐儿在房中绣呀么绣绒花，

紧针密线用心扎，

想起了奴的他。

哎嗨哎嗨吆，想起了奴的他。

想起他呀喜洋洋，

喜呀么喜洋洋，

奴的女婿是武生，

怀抱大力弓，

哎嗨哎嗨吆，好呀么好威风。

红缨帽子①戴一顶，

戴呀么戴一顶，

大红袍子穿一领，

外褂套织绒，

哎嗨哎嗨吆，俊秀一后生。

他骑着大马，

拉呀么拉硬弓，

一马三箭不脱空，

状元头一名，

哎嗨哎嗨吆，叫奴喜心中。

（永济正荣、伯骐整理）

注：①红缨帽子，清代的制帽。

采花 ［小调］

正月里采花无花采，
二月里采花花正开。
三月桃花红似海，
四月里刺玫点点血血。
五月里石榴赛过玛瑙，
六月里荷花水上漂。
七月里绒线花满树梢，
八月里桂花醉人香。
九月里菊花人人爱，
十月里茉莉花满园子开。
十一冬腊月无花采，
雪地里伸出腊梅花儿来。

墙内栽花墙外开，
单等得蚤虱①采花来。
蚤虱见花就要采，
花见蚤虱搂抱怀。
二人正在胶情处，
老天爷下得猛雨来。
打得蚤虱单闪翅，

又打得花瓣落尘埃。

从南来了个花大姐，

她把花瓣搂抱怀。

什么花儿姐？

什么花儿郎？

什么花儿撑的象牙床？

什么花儿枕头红绫被？

什么花儿褥子铺满床？

（古旧抄本）

注：①蚤虱，某种昆虫。

穿白鞋难 ［剪剪方］

姐儿生来命不强，交下个情人不久长，
一命见阎王，哎哟，一命见阎王。

爹娘面前不敢哭，自己回上自己房，
痛哭一大场，哎哟，痛哭一大场。

穿不得白来，守不得丧，缝下白鞋被窝里藏，
瞒哄二爹娘，哎哟，瞒哄二爹娘。

闪得奴家实可伤。写个牌位三寸长，
供在奴绣房，哎哟，供在绣房中。

灯焰儿上边烧张纸，桌儿底下泼下一碗汤，
表表奴心肠，哎哟，表表奴心肠。

（古旧抄本）

姐儿绣兜兜［小调］①

姐儿房中织棉绸，忽听女婿要兜兜，
多织二尺绸。

你要兜兜奴与你绣，绣一个十八州，
听奴家说来由。

南徐州，北许州，苏州城里梳妆楼，
大水儿湮泗州。

苏州出的美人图，扬州出的好样头，
邋遢人出挂州。

要穿绸子上沧州，要穿缎子上贵州，
湖州出的好包头。

金花儿出渭州，潞州出的软丝绸，
灯心儿出霍州。

要戴毡帽上绛州，腰带凉帽上青州，
香片茶叶出通州。

要穿皮裤到毛州，要看狮子到京州，
看一个炮打九连城。

戴上兜兜大街走，只许戴来不许你丢，
奴不准你送朋友！

见了兜兜想起奴，奴说话要你听，
旁人见了起高香，奴家害脸红。

（古旧抄本）

注：①兜兜，即兜肚，旧时男女多系戴，防止腹部受凉，其上常常刺绣一些装饰图案，后又演化为定情信物。本书中多处出现兜肚、兜兜。不另注。

掐蒜苔 ［小调］

女：我在园子里掐蒜苔，

隔墙撂个戒指来呀么，这不是好奇怪。

男：你在那墙里边我在外，

撂过个戒指给你戴呀么，喜爱不喜爱？

女：手扳住墙墙我往外看，

原来是张家的小后生呀么，你来作个甚？

男：我在那山上挑苦菜，

瞅见妹妹掐蒜苔呀么，哥哥看你来。

女：墙里头说话墙外听，

隔墙隔厦不隔心呀么，小妹妹把你等。

男：隔山呀隔水不隔音，

哥有心来妹有情呀么，啥时间把你寻？

女：你要那来时就早早地来，

来得迟了门不开呀么，实实难进来。

大门锁来呀二门关，

三门上又套九连环呀么，两面把狗拴。

男：只要妹妹你心不变，

推倒院墙砸开门呀么，哥哥把你迎。

（古旧抄本）

下河调［小调］①

姐在河下洗菜心，

掉了个戒指是纹银。

一钱单四分，

哪蓝又镀金。

哪一位哥哥拾到了，

修书信送上我的门。

烧酒打半斤，

虾米炒韭菜，

黄瓜和面筋，

瓜子落花参②。

亲哥哥请上坐，

小妹妹把酒斟。

红罗帐里表表奴的心，

功与有缘人。

（古旧抄本）

注：①多年前在电视上看到有湖南籍女歌手唱此歌名曰《洗菜心》，
说是"湖南花鼓调"。十年前我收集到一本大约清代的手抄本，内中有
此歌名曰《下河调》，不知孰先孰后，两者在戒指的描述上略有不同。

②落花参，花生。

筷子落地不知晓［呱嘴］

想起情郎心里焦，

水缸舀水丢了瓢。

盛饭敲掉①莲花碗，

筷子落地不知晓。

（盐湖区宁洪文唱述　陈天龙、林显整理）

注：①敲掉，碰破或打破的意思。

想女婿 [小调]

一恨我爹娘，爹娘无主张，
你的女儿这么大，为什么没有郎？
二恨我公婆，公婆有差错，
男男女女两结合，为什么不娶我？

三恨说媒的，说媒的狗东西，
不知何时得罪了你，你不把我提！
四恨我那妹，小妹比我小两岁，
燕子成双又成对，她呀，已配对！

五恨我哥哥，哥哥有老婆，
燕子出窝各顾各，他哪里顾得我！
六恨我的嫂，嫂嫂长得好，
抱着婴儿对我笑，越笑我越心焦。

七恨我的床，我床成四方，
光见枕头不见郎，两眼泪汪汪。
八恨我的房，我房挨庙堂，
早上起来去烧香，碰见个女和尚①。

九恨我没友，长江向东流，

流来流去把我丢，我该往哪儿走?

十恨我的命，活着没有用，

高粱田里一条绳，早死早托生。

（盐湖区曹汉东唱述　曹皂典整理）

注：①此两句是说主人公的触景生情的心情。

姐儿劝夫 [小调]

姐儿房中劝丈夫，
你莫要小房调戏奴。
好好儿读诗书。

大比之年①王开选，
天下举子到长安，
文章要登先。

七篇文章作得好，
唐王爷亲笔点状元，
当朝一品官。

披红插花游宫院，
三宫娘娘见容颜，
金花插两边②。

夸官一毕回家转，
一对版子两对鞭，
上搭着红罗伞③。

你戴乌纱奴戴冠④，

夫妻二人拜祖先，

阖家儿同喜欢。

（古旧抄本）

注：①大比之年，清代以前的（三年一次的）科举考试。

②这一段是描绘新中状元夸官的状况。

③这一段描绘状元衣锦回乡时打的仪仗。

④这句是主人公对丈夫中状元后自己的荣耀的幻想。

劝夫〔小调〕

明月挂树梢，
妻劝丈夫听根苗，
你出外做生意，
守法是第一条，
千万莫走歪道。

明月升得高，
妻劝丈夫听根苗，
你出外做生意，
处处讲礼貌，
和气才是生财道。

明月垂西郊，
妻劝丈夫听根苗，
你出外做生意，
买卖公平要记牢，
昧心钱咱不要。

月落鸡儿叫，
妻送丈夫走上阳关道，

你在外挣个辛苦钱，

我在家将二老孝，

咱俩共把日月熬。

（夏县芦金凤唱述　张恩忠整理）

五更劝夫［小调］

一更是鼓来浅，
我也劝丈夫，
再莫要把钱耍，
你若是再耍钱奥①，
奴和你不安然②。

二更是鼓来多，
我也劝丈夫，
再莫要把酒喝，
你若是喝醉了奥，
打架要闯祸。

三更是鼓来稀，
我也劝丈夫，
再莫要戏人妻，
你若是戏人妻奥，
将人比自己。

四更是鼓来推，
我也劝丈夫，

再莫要把烟抽，

你若是抽上瘾奥，

家业皆消光。

五更是鼓来明，

我也劝丈夫，

你要得知情③，

你若是不知情奥，

奴和你过不成。

（永济黄生密唱述　肖正荣整理）

注：①奥，语气词，无实际意思。

②不安然，不罢休，或放不下。

③知情，知道好歪。

离别话 ［小调］

情郎一别泪如麻，难分难舍难留他。

奴家与你千日好，恐怕一时有点差。

倘有言语得罪你，且莫怀恨怪奴家。

奴有几句知心话，情郎全要记心下。

花街柳巷郎少走，败柳残花莫睬他。

风流女子来戏你，未知情义想奴家。

出门多带寒衣服，免得奴家挂心下。

路上相交好朋友，寄封信儿与奴家。

奴的汗巾交与你，看见汗巾想奴家。

夜晚必须早投店，情郎紧紧记心下。

奴家房中只望你，郎君宜早转回家。

（古旧抄本）

玉美情人 ［小调］

玉美情人病在床，情郎哥哥快进我的房，
有话儿要和你商量。（重）

手拉手儿床边坐，腑言晒语①叫一声哥哥，
哎呀，坐下听奴学。（重）

往常得病唤相好，今日有病重十分，
哎呀，命见五阎君。（重）

离了奴莫在烟花走，那里的姑娘没有良心，
哎呀，一片假殷勤。（重）

劝郎莫进赌博场，输了银钱丢了人，
哎呀，难回你家门。（重）

劝郎莫饮过量酒，吃酒带醉伤了你的身，
哎呀，说话得罪人。（重）

三百两银子交与你，拿回订上一门亲，

哎呀，传留后代根。（重）

要娶娶个在室女，莫娶小后婚，
哎呀，身怀两条心。（重）

要娶娶个名门女，莫娶院下②风流人，
哎呀，不能过光阴。（重）

要娶总要亲眼见，莫听媒婆保假真，
哎呀，三分保七分，七分保十分。

娶妻若胜我玉美人，你夫妻过光阴，
哎呀，忘了我玉美人。（重）

娶妻若不胜我玉美人，莫把奴家挂在心，
哎呀，耽误了你后代根。（重）

生下男长下女，教他与奴上一上坟，
哎呀，可怜奴是孤身。（重）

玉美人将话太晒温，我有言语听在心，
哎呀，莫若泪纷纷。（重）

（男）三百两银子我不要，时到如今还订的什么亲！
哎呀，传的什么后代根。（重）

假若你玉美人有好歹，我情愿削发为僧人，

哎呀，各凭各良心。（重）

（古旧抄本）

注：①腑言晒语，肺腑之言。

②院下，妓院里。

竹竿兰十二节 ［呱嘴］

一根竹竿十二节，

男人出门十二个月。

刮北风，下大雪，

不知男人冷和热。

竹竿兰闪闪，

不是一年是二年。

头捎针，

二捎线。

三捎头绳三两半，

四捎花儿朵朵鲜。

五捎一包桃花粉，

六捎胭脂打嘴唇。

七捎袄儿更可身，

八捎罗裙腰里系（Jin）。

九捎绣鞋双脚蹬（den），

十捎镜子照奴身。

（夏县芦金凤唱述　张恩忠整理）

乖姐门前一棵槐 ［呱嘴］

乖姐门前一棵槐，

手扶槐树望郎来。

若问乖姐望啥哩，

我看是死槐还是活槐，

差点儿檐出①望郎来！

（宁宏文唱述　陈天龙、林显整理）

注：①檐出，本意是指屋顶向旁伸出的边沿部分，这里是方言，借指口中不小心溜出（话来）的意思。

丈人家［呱嘴］

你骑驴，我骑马，

看谁先到丈人家！

丈人丈母不在家，

吃袋烟，就走呀。

大嫂留，二嫂拉，

拉拉扯扯又坐下。

取烧饼，倒糖茶，

"不吃不吃只管拿"①。

隔着竹帘望见她，

雪白手，红指甲，

红嘴唇，糯米牙，

回家说给我的妈，

卖房卖地要娶她。

（盐湖区令狐望林唱述　乔文杰整理）

注：①这是本篇主人公述说当时嫂嫂招待的热情状况。

就是要跟你［呱嘴］

荞麦皮，升子底[1]，

我妈叫我别跟你。

跟了你，

丢了底[2]。

丢底不丢底，

就是要跟你!

（乡宁杜散碟述　畅林凡收集）

注：①升子底，此处指剩下的意思。

　　②丢了底，丢了人。

无题 ［呱嘴］①

颜村女儿十七八，
刹个绳绳牛嘴上搨，
我嫌它老嘴张得大②。

注：①幼时听母亲说，族兄张某贵的先祖张鹏鸁为清朝乾隆年间武
举人，官至天津城守营都司、直隶游击参将等职。到某贵当婚之时家境
已萧条。本乡东颜村有女名某花者品貌出众，愿与其结为伉俪。无奈父
母索要彩礼颇厚，某贵无力纳聘，由是婚事搁浅，某花颇为不快。某日，
母令女磨面，该用绳子将牛嘴拴绷，邻人怪而诘其故，某花则用上述歌
谣作答。母闻之，知女意已决，遂从女愿。此歌于乡间传为美谈。

②村人将过分索要彩礼称之为"口张得大"。

你叫小郎怎安排 ［呱嘴］

一朵梅花靠墙开，
三瓣正来两瓣歪。
你要正就正到底，
你要歪就歪过来。
又不正来又不歪，
你叫小郎怎安排？

（宁鸿文唱述　林显整理）

皂荚树开白花［呱嘴］

皂荚树开白花，
我娘叫我去舅家，
一走走到丈人家。

竹帘缝瞧见她，
穿的红袄绿褂褂①，
伢②在炕上正扎花。

大姐扯二姐拉，
一下拉到大东厦。
乌黑桌子③揸布抹，
四个菜碟摆梅花④。
乌木筷子四角插，
乌黑圈椅你坐下。

回去给我爹爹夸，
典田卖地娶过她。
爹说没钱咱不娶，
不娶不娶我死呀。
不死啦，不死啦，

娶过媳妇享荣华。

（夏县卢金凤唱述　张恩忠整理）

注：①褂褂，即坎肩。

②伢，方言即人家。

③乌黑桌子，黑漆漆下的桌子。下文乌黑椅子同。

④是说四个菜碟摆成梅花形式。

十杯酒 ［亵歌］

一杯酒儿麝兰香，郎君上了奴的床。

二杯酒儿喝得干，奴与郎君伴相餐。

三杯酒儿满满斟，奴与郎君配成亲。

四杯酒儿酒又酣，郎君带笑奴喜欢。

五杯酒儿你先尝，郎君不住尽发狂。

六杯酒儿酒徧开，郎君把奴搂在怀。

七杯酒儿双手托，奴与郎君对口喝。

八杯酒儿色更鲜，郎君与奴化晚缘。

九杯酒儿动了情，羞得奴家脸发红。

十杯酒儿兴更长，满身衣服全□□。

郎君拿来芝麻糖，酥脆香甜奴先尝。

要说奴家不贤良，贤良奴把郎君藏？

（古旧抄本）

跳粉墙［亵歌］

一更子里来跳粉墙，手把窗根细端详。
二八佳人灯下坐，十指尖尖绣鸳鸯。

二更子里来扣门庭，小二姐开门迎接相公。
双手推开门两扇，情郎哥哥叫几声。

三更子里来进绣房，手拉手儿上牙床。
双手铺开红绫被，好似织女配牛郎。

四更子里来月正西，细皮白肉舍不得。
小奴家玉腕情人枕，小奴家身子当□□。

五更子里来大天明，架子上金鸡叫几声。
叫明金鸡叫得早，露水夫妻两分销。

（古旧抄本）

新媳妇哭五更［亵歌］

一更里鼓儿天，

哎哟，一更里鼓儿天。

新娶的媳妇委实作难，

哎哟，新娶的媳妇委实作难。

难杀奴怎见新郎面，

哎哟，难煞奴怎见新郎面？

奴好伤惨，

哎哟，奴好伤惨。

新郎进房把门关，

哎哟，关上门来才吃交杯宴，

哎哟，关上门儿才吃交杯宴。

二更里鼓儿清，

新郎扯奴入罗帐，

哎哟，入罗帐不知因何事。

哎哟，入罗帐不知因何事，

奴好悲伤，

哎哟，奴好悲伤。

从来没吃亏，

疼得我实难忍，

口咬红罗被，

哎哟，口咬红罗被。

三更里鼓儿敲，

新郎搂住奴的腰，

哎哟，新郎搂住奴的腰。

只是干发糙，

奴好心焦，

哎哟，奴好心焦。

不多时郎君睡着了，

哎哟，奴有心唤他一声，

又怕人耻笑，

哎哟，又怕人耻笑。

四更里鼓儿雷，

郎君起来又一回。

到天明才将花采碎，

哎哟，到天明才将花采碎。

奴好伤悲，

哎哟，奴好伤悲。

这场委屈与谁说，

哎哟，背人处只得暗落泪。

五更里鼓儿拍，

新郎起来把门开。

他开门奴好梳妆戴，

哎哟，他开门奴好梳妆戴。

焦人下床来，

哎哟，焦人下床来。

腰酸腿软步难抬，

收拾了快把爹娘拜，

哎哟，收拾了快把爹娘拜。

（古旧抄本）

桂姐捎书［小戏］

序：山西清源县，本是李家庄，
有一个桂姐女，生得好模样。

女：可恨奴男人，撇下奴一人，
一十七上偷走了，下了西川路。

先过西安省，然后出了口①，
没良心的情哥哥，一去不回头。

自从他走后，身上如火烧，
三天没睡好，两天没吃好。

钥匙响叮铛，开柜又开箱，
梅花那个信纸②，取出两三张。

铺上一张纸，磨下一池墨，
泪珠儿扑拉拉，直往纸上滴。

书信写完了，托人给他捎，
捎书的是一个，是个可靠的人。

隔壁小兄弟，请来奴的家，
请你把这封信，递与奴的他。

男：他既撇了你，为何常挂念？
世上的青俊男，哪里也不短！

女：桂姐开言到，金兰你细听，
你不知道先前事，奴与你学分明。

我们配夫妻，对天盟过誓，
王侯带公子，奴也不愿意！

对天把誓盟，跪在院当中，
他不另娶妻，我不另嫁人。

送了这书信，酬你十两银，
到二次弯回来，多谢你的恩。

（古旧抄本）

注：①出了口，到了口外。
　　②梅花信纸，印有梅花的笺纸。

卖饺子［小戏］①

初七十七二十七，

梳头打扮去赶集，

捎带的做生意。

依子呀子外子外②，

捎带的做生意。

（白）大嫂子，你做的什么生意？

右手拿的饺子馅，

左手拿的饺子皮，

就是这生意。

依子呀子外子外，

就是这生意。

（白）大嫂子，饺子里包的什么馅？

葱丝肉丝鸡蛋丝，

金针玫瑰核桃仁，

香油调馅子。

依子呀子外子外，

香油调馅子。

（白）大嫂子，饺子卖多少钱？

昨天卖的一毛一，

今天卖的一毛钱，

吃了随便给。

依子呀子外子外，

吃了随便给。

（白）大嫂子，那你舀几个我尝尝。

要吃吃上一大碗，

吃不了奴也不嫌你，

奴家不嫌你。

依子呀子外子外，

奴也不嫌你。

（白）大嫂子，你家住在哪里？

不住东来不住西，

住在岭东南坡里，

院子门朝西。

依子呀子外子外，

院子门朝西。

（白）大嫂子，你家中几口人？

上有公来下有婆，

还有妹妹小兄弟，

连我五口人。

依子呀子外子外，

连我五口人。

（白）大嫂子，怎么不提你丈夫呢？

不提丈夫心不恼，

提起丈夫恼心里，

他是个当兵的。

依子呀子外子外，

他是个当兵的。

（白）大嫂子，当兵的能升官啊！

人家丈夫都当官，

我家丈夫不做官，

是个大马弁。

依子呀子外子外，

是个大马弁。

（白）大嫂子，你怎么不去找他？

山又高来路又远，

不知哪营和哪连，

上哪儿去找他？

依子呀子外子外，

上哪儿去找他？

（白）大嫂子，咱俩能拜天地吗？

你要拜来你拜去，

你家也有姐和妹，

要拜到你家里去！

依子呀子外子外，

要拜到你家里去！

注：①此歌有多种版本。

②此句是唱的中间加的声调，无具体含义。

洗衣裳 ［小戏］ ①

女：今日天气多呀多晴亮，

提上笼笼②子洗衣裳，

来到这河湾上，

哎嗨吆，来到这河湾上。

观见一股长呀长流水，

手把罗裙忙撩起，

赶快把衣裳洗，

哎嗨吆，不见那人儿来（音离）。

男：我小伙家住在呀在山西，

背上包袱卖线哩，

路过这河湾哩，

哎嗨吆，路过这河湾哩。

正行走来抬呀抬头看，

见一位小姐洗衣衫，

洗呀么洗得欢，

哎嗨吆，洗呀么洗得欢。

见小姐梳油头俏脸把粉搽，

鬓角别得海棠花，

人样儿真不差，

哎嗨吆，叫人就看迷啦。

我有心和小姐说上几句话，

心中不知该说啥，

叫人活急煞，

哎嗨吆，干急没办法。

我小伙低头有了一主意，

腰里掏出小手巾，

小姐给我洗一洗，

哎嗨吆，给我洗一洗。

女：这个小伙真呀真糟糕，

　　一棒槌③打坏你的腰，

　　提上笼笼子往回跑，

　　哎嗨吆，提上笼笼往回跑。

男：我小伙后边跑呀跑得欢，

　　手把门环摇起来，

　　小姐你把门开，

　　哎嗨吆，小姐你把门开。

女：我这里低头刚呀刚到家，

　　忙把笼笼子放地下，

　　忽听得人唤咱，

　　哎嗨吆，莫非又是他？

　　双手开开门呀门两扇，

　　果然是你到门前，

　　你真是胡纠缠，

哎嗨吆，你真是胡纠缠。

可说是你这人真呀真有差，

不该河湾侑戏④咱，

真叫人活急煞，

哎嗨吆，真叫人活急煞！

男：我本是卖线的满呀满街转，

　　一转转到你门前，

　　给你两架花花线，

　　哎嗨吆，扎个凤凰戏牡丹。

女：可说是你这人太呀太无礼，

　　回家唤我哥哥去，

　　一顿就打死你，

　　哎嗨吆，还不快滚回去！

男：今天这事不呀不得了，

　　忙把包袱收拾好，

　　赶快往回跑，

　　哎嗨吆，你看看落骚⑤不落骚！

（盐湖区王斗保唱述　姚希圣、王俊明整理）

注：①此歌有多种版本，今选此本。

　　②笼笼子，用竹子或荆条等编制的篮子。

　　③棒槌，洗衣时捶捣衣服的工具。

　　④侑戏，即调戏，有说服或诱骗的意思。

　　⑤落骚，也写"落臊"，丢人的意思。

灯谜字虎

DENGMIZIHU

字谜歌

001   头顶三十二两，足下八字分开。

        真来怪哉怪哉，腰中长出眼来，（打一字）

002   二人立坐各别，相逢不过一月。

        怀揣短刀一把，做事不对人说。（打一字）

003   姑娘院中走，相公拉住手，

        拉手为什么，只为吃奶头。（打一字）

004   百万英兵卷白旗，夫人房中无人立。

        秦王不用余元帅，骂阵将军无马骑。

        吾今不用文开口，滚进龙门取水衣。

        毛女犯罪齐腰斩，分别不用带刀人。

        丸药炮制去了心，田七炮制剥了皮。（打十字）

005   三人同日去观花，百友原来是一家。

        火禾二人对面坐，夕阳桥下两个瓜。（打四字）

006   言对青山亲又亲，二人土上说缘因。

三人牛字少一角，草木中间有一人。（打四字）

007　　孔明定计过大江，苏秦顺说六国邦。

六郎要斩杨宗保，宗保不舍穆家庄。（打四字）

008　　一对鸳鸯对面飞，一个瘦来一个肥。

一个一年走一回，一个一月走三回。（打一字）

009　　一字四十八头，中间有水不流。

有人打开字虎，赏你一个猪头。（打一字）

010　　一点周瑜不良，三战吕布关张。

口骂曹操奸党，十万英兵难当。

一阵杀败东吴，四川刘备为王。

目下要登龙位，八十三万（人马）过江。（打一字）

011　　一字大如鹅卵，每日月中游玩。

前有白虎卧路，后有青龙作伴。

弟兄一十二位，时时刻刻不散。

昨年二月见过，明日清早又见。（打一字）

012　　主公刘王坐西川，月下关公斩貂蝉。

言语猛得张飞将，请的诸葛定江山。（打一字）

013　　壹拾伍人抬一字，抬在鲁国问夫子。

夫子见了哈哈笑，曾（从）来未见这大字。（打一字）

014   大姐描龙绣缎花，二姐有语不可夸。

　　　　三姐掌的元帅印，四姐日每想婆家。（打《四书》一句）

015   字字去了盖，不作子字猜。

　　　　若作子字猜，不是好秀才。（打一字）

016   寺门一头牛，二人抬木头。

　　　　门内有虎口，女儿顶盖头。（打四字）

017   中日在学堂，一心念文章。

　　　　贝贝行好事，贵子状元郎。（打四字）

018   猛虎冲散一群羊，好儿不抱女娇娘。

　　　　言青二人对面坐，二人眼在土地堂。（打四字）

019   四川本是真四川，四川下面有一弯。

　　　　弯而有洞虫杨树，外面一座火焰山。（打一字）

020   壹阴壹阳，壹短壹长，

　　　　虽是夫妻，不能同床。（打一字）

021   二十头上王，尔在人字旁。

　　　　三字去了二，卜上一根梁。（打四字）

022   左看一两三，右看一两三。

　　　　左右看一看，三两二钱三。（打一字）

023　壹字上有牛，立曰在心头。

西下有一女，女子好风流。（打四字）

024　你也排行第六，我也排行第六。

虽然面貌相同，其实天玄地隔。（打两字）

025　堂前无土好种田，双十双月紧相连。

太字无人少一点，一家三口才团圆。（打四字）

026　虫住凤巢飞去鸟，七人头上长青草。

大雨下在横山上，一半朋友不见了。（打四字）

027　言青不为青，二人土上等，

及字外加口，火西土下留。（打四字）

028　行路同行拾一人，中有卖卜一先生。

算来能走一月整，二拾九天到家中。（打一字）

029　春天人走日高飞，村边树木化成灰。

镇河将军无真戟，运粮不到丢了盔。（打四字）

030　出门不见一座山，要把女子丢去边。

女子怀中抱拾口，好汉二人顶破天。（打四字）

031　一共三十九个兵，二十一个去了城。

城外出去八员将，还有十个在营中。（打一字）

032 日月一齐来，休把明晶猜。

　　冒昌都不是，闷了老秀才。（打一字）

033 一人一口加一丁，竹林有寺可无僧。

　　女子怀中抱一子，二十一日酉时生。（打四字）

034 子女同床不为奸，天去一层世间宽。

　　人加两点家家有，尧庙有火不见烟。（打四字）

035 实指望百年好事成姻眷，谁知道儿女缘悭缺半边。

　　我待要卜金钱、演卦前月，又恐怕水儿流到砚池间。

　　忽听得柳荫中聒噪新蝉，又被那伐木丁丁响，小园黑漫漫。

　　一声霹雷空中震，霎时间云收雨散。

　　抽起身独自走，有只见绿遍山原。

　　也曾许我急整妇辫，到如今抛却前言。

　　昧心人哪管红日沉西、孤灯闪闪！

　　本待要向神明将他埋怨，且卸却衣衫，

　　一响眼直等到酒阑，泥珠儿滚滚似水无泉。

　　梦魂中越地里走向阳台，骇得人绥辔扬鞭，

　　猛可里急忙忙马儿都不见。（打十二字）

036 一枝花单人一点，不容夸。

　　梅梢月似钩，空把郎牵挂。

　　火烧眉，一人在内恨冤家。

　　蝶恋花，向短亭间耍。

　　鱼游春水，茂林丰草不许加。

　　锦屏风将杨妃半遮。

满堂红，照不到高唐脚下。

格子眼里盼伊家。

可立在十字街儿上，踏梯望月，瞥见士关差。

倘得个将军挂印，奴自揆才情少，

恐难配着他。（打骨牌上的十个字）

037　好良宵才与女娘偕，未成双去得快。

扭住他将手又分开。

演出百般态，碎点儿不沾怀。

柳腰儿斜倚栏杆外，恨不得将那木杏花儿摘下来。

振精神不见那秀才。

起进书斋，小脚儿不敢抬。

许佳期，违却前言，惹得我把相思害。

倚朱门儿外，一股金钗懒向头上戴。

神前发誓永和谐，只想得衣衫脱下来。

酒醉颠狂，何时将水儿来解？

成亲后有些疑猜，勾去了方宁耐。

刻骨铭心，何尝咱把那刀儿在！（打十二字）

038　颠倒不自由，反哄了鱼儿上钩。

两人便把一人丢，可惜人心不应口。

要成就终难成就，一点儿也不到心头。

欲向平康将八字儿求，薄幸人藏头十分露丑。

任他人去恨悠悠，兴发时抛却了鞋儿懒绣。（打十字）

039　昨日东门失火，喜得内里多人。

若无子女相救，酉时烧到三更。（打四字）

040　　上无片瓦遮身，下无立锥之地。

　　　　腰间挂个葫芦，到知阴阳之理。（打一字）

041　　粉蝶儿分飞已去，怨才郎心已成灰。

　　　　想当年人却不在，思明路易去难归。（打一字）

042　　一字九横顺六，天下大人不识。

　　　　有人去问孔子，孔子猜了三日。（打一字）

043　　一胎生四人，

　　　　全亏二哥保成，一家两口，

　　　　大哥虽不成人，也自他先起手。（打一字）

044　　世事悠悠无了期，一生八字总无伊。

　　　　纵然金玉如山积，不及蟾宫折桂来。（打四字）

045　　目字加两点，莫作贝字看。

　　　　若作贝字看，便是痴呆汉。（打一字）

046　　一字十二点，遴你书上选。

　　　　凭他好生员，也要猜三年。（打一字）

047　　多一点太冷，少一点又小。

　　　　换了书便是木，夹直两边是川。（打一字）

048　　弟兄三人同一母，大哥长大顶了户头。

　　　　兄弟二人想山水，一更尾巴拔落住。（打一字）

049 两点一句文，二人十四心。

来在井边立，一字口内吞。（打四字）

050 天上无有地上有，河的（里）无有池的（里）有。

有人问我我道无，我问人家他道无。（打一字）

051 上不在上，下不在下。

子女腰间，不上不下。（打一字）

052 一人道德汉张良，二郎担山赶太阳。

土里埋儿郭文举，走马托枪杨六郎。

小将英雄华关索，月下竹枝杨满堂。

省（箫）何把笔安天下，赵王屯坐古治梁。（打一字）

053 和尚坐日免了口，车穿之元戴草帽。

王白坐石并高衣，吃酒之人并无酉。（打四字）

054 五经怎肯开了口，滚滚儿郎去水衣。

毛女犯奸拦腰斩，分明不用带刀挥。（打四字）

055 百万军中卷白旗，天边有路少人知。

秦王把定余元帅，骂阵将军少马骑。（打四字）

056 上有孔明谈天论地，下有霸王举鼎千斤。

左有苏秦兴邦定国，右有吕望斩将封神。（打一字）

057 菜利如同乙，每字添一笔。

有人添成了，吃喝等我的。（打五字）

058　　两个姐儿并街游，一样打扮两样头。

　　　　一个贪财爱富贵，一个好色爱风流。（打两个字）

059　　三人同日去看花，百友原来是一家。

　　　　禾火去了心上愁，终字不戴一丝麻。（打四字）

060　　奴家十四正青春，一心要嫁好郎君。

　　　　我想嫁上一个夫，谁知嫁下二个人。（打一字）

061　　二人山上走，两个只一口。

　　　　过去无教伤（武教场），认文不认武。（打一字）

062　　点水月上出头王，千人底下有太阳。

　　　　羊头按在丙丁上，还有壬癸在酉旁。（打四字）

063　　木字门边站，二人土上看，

　　　　一文又一文，日落寺门前。（打四字）

064　　钱玉莲抱石投江，王十朋哭断肝肠。

　　　　包文正不爱银财，邓尚书告老还乡。（打《千字文》一句）

065　　大底不说小底，小底常说大底。

　　　　若要晓得大底事，须去仔细问小底。（打《四书》阅读方法）

066　　一女有了胎，老娘骂奴才。

从小无丈夫，胎从何处来？（打《四书》一句）

067　二九不是一十八，三八不是二十四。
四七不是二十八，五六不是三十。（打《四书》一句）

068　当今天子去偷牛，文武百官把墙头。
翁翁扯住媳妇腿，儿子打破老子头。（打《四书》四句）

069　圣人洗手去道京。（打《四书》一句）

070　两个圣人吃灯盏。（打《四书》一句）

071　南门楼上一盏灯。（打《四书》一句）

072　药铺门前卖棺材。（打《四书》一句）

073　外甥像舅舅。（打《四书》一句）

074　学而时习之。（打《四书》一句）

075　正宫娘娘好白腿。（打《四书》一句）

076　猴儿坐在金銮殿。（打《四书》一句）

077　五十双牛不吃草。（打《四书》一句）

078　孝子□前哈哈笑。（打《四书》一句）

079   头戴俊尖帽，胳臂一张弓。

　　　　问君何处去，深山捉大虫。（打一字）

080   二人离别不远，相交不过口月。

　　　　腰中带口宝刀，有话不对人说。（打一字）

名字谜

081   天上有月不明，地下有门不开。

　　　　千年衣服不洗，籴粮不用口袋。（打四位古人名字）

082   风吹蜡烛溶银台，谨寄家书拆不开。

　　　　婆嫁女儿嫂不舍，二八佳人端秀才。（打四种昆虫名）

083   别来怀恨积奴肠，刺凤描鸾罢绣筐。

　　　　欲写衷肠无片纸，慵妆蛾黛少张郎。

　　　　金屋婵娟影在东，情人爽约思成空。

　　　　记得少年骑竹马，看看又是白头翁。

　　　　花落残红遍地鲜，沉吟抱怨未成口。

　　　　眼镜鸾尘掩频上，倚盼恨良人各一天。（打十二支曲牌名字）

084   娘则房中巧梳妆，丈夫路上想家中。

　　　　池旁柳树无枝叶，一个孩儿两个娘。（打四种鸟名）

085   高有山上一座坟，下得山来冻死人。

一件布衫长不洗，十字街中卖面筋。（打四位古人名字）

086　天冷下雨乱北风，八只靴子四人蹬。

十两银子一碗粥，蝎子跌在河水中。（打四省名字）

087　使针不使线，使线不使针。

点灯不夜坐，夜坐不点灯。（打四人名字）

088　告状人海样红，年十六，家住土园县人氏。

告为恶棍抢强奸事。

奴年方二八，正在青春，自幼配与蜂生□下为婚。

不料蜂生远走高飞，撇下奴身无依无靠。

偶遇五虎恶棍爱奴颜色，抢夺他家，强迫成亲。

奴执意不从，又用绳索束绷，

挨到天明，只见五人俱带血脸，又有攀媒二人作证。

恳乞仁明大老爷恩准究治。（打一花名）

089　东风解冻百花开，相引王孙摘锦回。

伸手高攀红与紫，几多枝叶出墙来。（打四宫名字）

090　鼓破无皮补，彪来不见虎。

姐姐无女婿，社字去了土。（打一传说人物名字）

物谜歌

091　一朵芙蓉顶上戴，单衣不用剪刀裁。
　　虽然不是英雄将，叫得千门万户开。（打一动物）

092　头大身细一根柴，红笔一点上天台。
　　上方不收无名将，急急忙忙又下来。（打一物）

093　生在高山，长在平地，
　　莫读诗书，一身文气。（打一物）

094　家有一只鸡，长脖大肚皮。
　　一张嘴，两张嘴，
　　吃的是白汤，吐的是黄水。（打一物）

095　头戴尖尖帽，身穿绿绸袍。
　　腿上打缠子，脚下一撮毛。（打一物）

096　小姐生来黑又丑，相公见了不丢手。
　　口对口儿吃舌头，吃得小姐大张口。（打一物）

097　两板夹一人，姐妹一大群。
　　圪嚓一声响，见板不见人。（打一物）

098　两扇黑大门，里头坐个白小人。（打一物）

099　四四方方八只脚，二十一星定干戈。
　　　五路诸侯拿住他，放开如同猛虎恶。（打一物）

100　头戴九龙凤凰，身穿满字文章。
　　　白日风耗日晒，晚间月照明光。（打一物）

101　生在花街柳巷，长得高挑身材。
　　　几个光棍齐上来，立逼脱衣解带。
　　　浑身衣服脱净，任他颠倒安排。
　　　是冷是热奴家挨，提起来泪如江海。（打一物）

102　生在花街柳巷，长成窈窕身材。
　　　被个商贾交将来，提起来泪如江海。（打一物）

103　一个小锅灶，烟筒高又高。
　　　里边呼呼响，外边用火烧。（打一物）

104　外国进来一只船，船内有水船外干。
　　　孔明定下烧船计，只烧货物不烧船。（打一物）

105　不方不圆，戴半个项圈。
　　　一肚清水，长受熬煎。（打一物）

106　童颜女子满脸疤，挨下光棍一两家。
　　　还有三个常调戏，粗细不合不从他。（打一物）

107　我娘生我姊妹多，各个常被光棍摸。

　　　一时不趁人的意，打打骂骂不要我。（打一物）

108　生来身材不大，走路头儿朝下。

　　　怕只怕披头散发，常钻在塔洞底下。（打一物）

109　嘴大身小耳朵长，鼻梁长在当顶上。

　　　天天寻死去上吊，走到阴曹又还阳。（打一物）

110　一物生的稀罕，嘴儿仰面朝天。

　　　耳朵虽在两岸，鼻梁长在上边。

　　　进了阴曹地府，又回阳世三间。（打一物）

111　姐妹二人一娘生，身材大小一般同。

　　　每天三番到人手，茶礼不行饭礼行。（打一物）

112　一对女秀才，睡下等人来。

　　　有人捏住腰，两腿忙分开。

　　　夹住拿东西，满身自爽快。

　　　送进红门口，美味才出来。（打一物）

113　一物生得真稀罕，骨头长在肉外边。

　　　活着常在阴司混，死后却在阳世间。（打一动物）

114　一物生来巧又巧，一面多来一面少。

　　　少的却比多的多，多的却比少的少。（打一物）

115　腰束绳，紧绷绷，低下头，一阵风。

虽然不是值钱货，家家离了我不成。（打一物）

116　一个罐儿扭成纽，不用匠人费巧手。

里边能卧一条牛，钻不下鸡儿卧不下狗。（打一动物）

117　铺半截，盖半截，

太阳出来晒半截。（打一物）

118　冬日常见他，夏天不见他。

见他不见他，人人全凭他。（打一物）

119　去了十个，还是十个。

添上十个，还是十个。（打一衣物）

120　大的两节，小的三节。

共合一处，三十八节。（打一物）

121　莺莺走来莺莺跑，莺莺跟我过山桥。

跌倒水里淹不死，烤到火里烤不焦。（打一物）

122　一人生得怪，好学人穿戴。

人穿他也穿，人戴他也戴。（打一物）

123　一人生来胆大，枪炮子弹不怕。

光明之地常有，黑暗之地没他。（打一物）

124　遍体一身毛，立的没有坐的高。（打一动物）

125　嫌黑放到黑处。（打一物）

126　一物生来轻又轻，有月有日却无星。

　　　无腿能行千里路，无嘴能把言语通。（打一物）

127　两个白娃走河头，有人笑话咱回走。（打一物）

128　你走我家，我走你家。

　　　你不走我家，我不走你家。（打一种行为）

129　城里一座塔，一个红虫往上爬。

　　　不知爬了有几天，跑了红虫倒了塔。（打一物）

130　一营三十六员将，临潼斗宝十八王。

　　　元帅独坐中军帐，力打千斤也不妨。（打一物）

131　三间大房两开门，又出君来又出臣。

　　　又出公公儿媳妇，又出和尚老道人。（打一物）

132　日行千里不出房，弟兄同胞不同娘。

　　　肚内无胎生下子，恩爱夫妻不成双。（打一物）

133　半天一亩麻，腰的（里）扭三匝。

　　　风来结下籽，雨来才开花。（打一物）

134　冬种冬收，夏种不收。

光杆无叶，根儿长在上头。（打一物）

135　一宅分为两院，五男二女成家。

一时打的乱如麻，打到清明才罢。（打一物）

136　一尺却多，二尺不够。

脊背朝前，肚子朝后。（打一物）

137　一条大路通鼓城，三人骑马一路行。

五虎把定三关口，弟兄三人定太平。（打一物）

138　一根木头三条绳，叮当叮当唱得红。（打一物）

139　头戴两根雄鸡毛，身穿一件绿绸跑。

手拿两口大砍刀，见人就把头儿摇。（打一动物）

140　虎头牛尾腰是羊，连头带尾丈二长。

二十四根肋支骨，四根獠牙一般长。（打一物）

141　张子龙黑夜行兵，诸孔明坐在当中。

夏侯惇辕门把守，怕只怕一支溜风。（打一物）

142　方方一座城，内有一盘龙。

口里喝开水，肚内冻冻凌。（打一物）

143　一个树儿三两节，当头只长一个叶。（打一物）

144　两物一般大，常在腰中挂。
　　行走不挨地，踏在脚底下。（打一物）

145　小小诸葛亮，独坐中军帐。
　　摆开八卦阵，捉拿飞虎将。（打一动物）

146　有腿不走，有面无口。
　　又能吃肉，又能喝酒。（打一物）

147　会走无腿，会吃无嘴。
　　过河无水，死了无鬼。（打一物）

148　古树头上一明月，又无枝来又无叶。
　　呼呼雷声不下雨，片片层层下大雪。（打一物）

149　远望一座山，近看是河滩。
　　乌龙来戏水，黑虎卧池边。（打四物）

150　远望莫有，近看也莫有。
　　摸着却有，放了又莫有。（打一物）

151　看着有节，摸着莫节。
　　两头冰凉，当中炮热。（打一物）

152　看起有节，揣起无节。
　　两头冰冷，中间炮热。（打一物）

153　冬至冬生，夏至不生。

　　无枝无叶，根从上生。（打一物）

154　一条白蛇在乌江，乌江岸上放毫光。

　　白蛇吃尽乌江水，不知白蛇一命亡。（打一物）

155　立起坐不下，坐下立不起。（打一物）

156　远看山无色，近听水无声。

　　春去花不落，人来鸟不惊。（打一物）

157　歇下不见脚，走着八只脚。

　　休笑我脚多，肚里还有两只脚。（打一物）

158　小黑狗，顺路走，

　　走一步，咬一口。（打一物）

159　生来身不大，走路头朝下。

　　莫念一句书，说的圣人话。（打一物）

160　头圆身长，住在小房。

　　出世一回，结果命亡。（打一物）

161　又圆又扁鼓儿像，

　　外面涩疤里面光。（打一物）

162　一母所生三个郎，一龙二虎三凤凰。

兄弟三人出门去，永不回头望亲娘。（打三种动物）

163　身长无一寸，身重无一分。
　　　一头出走兽，一头出飞禽。（打一物）

164　远看一凤楼，近看猛虎头。
　　　耳听黄风吼，口里珍珠流。（打一物）

165　铁马匹皮鞍，日每用绳拴。
　　　走得石头路，行得火焰山。（打一物）

166　我娘生我弟兄多，先有兄弟后有哥。
　　　遇着小事兄弟做，遇着大事寻他哥。（打一物）

167　四根柱脚八根梁，中间有个子孙堂。
　　　观音老母前边过，子孙哭的泪汪汪。（打一物）

168　肉头对肉缝，大腿面上做板凳。
　　　一个说对了吧，一个还是哼哼哼。（打一动作）

169　丈夫身子短，妻儿身体长。
　　　丈夫身子硬，妻儿身子弱。
　　　丈夫前边走，妻儿紧跟上。（打两物）

170　路长长而不远，石层层而非山。
　　　雷震震而不雨，雪纷纷而不寒。（打一物）

171　铁娃和木娃打架哩，白娃来托架。
　　　把白娃的毛都耗完了。（打一工作）

172　一个娃娃生得强，辫子长在当顶上。
　　　红虫咬一口，肚子就裂破。（打一物）

173　远看灯儿亮，近看钟儿象。
　　　称去无分量，拿去拿不上。（打一物）

174　又圆又扁又磁光，一个银针指阴阳。
　　　二十四行芝麻字，字字里边有文章。（打一物）

175　掰破是浑的，不掰是半个。（打一物）

176　摸摸这个，揣揣那个。
　　　掰开这个，塞上那个。（打一物）

177　一匝一匝又一匝，
　　　当中是个平铺塌。（打一物）

178　反穿皮袄，眼瞪得象胡椒。
　　　屁股上夹根皮条。（打一动物）

179　团团圆圆肚里明，好像镜子摆当中。
　　　男女老幼同低头，朝廷也要行鞠躬。（打一物）

180　无头有眼一根棍，日每常在人间混。

绫罗绸缎都穿过，绣房以内伴佳人。（打一物）

181　远看一凤楼，近看猛虎头。
　　　费了千辛万苦，不用锛子小斧。（打一物）

182　铁将军英雄好汉，木（穆）桂英坐在中间。
　　　樊梨花漂洋过海，赵子龙反战河南。（打一种工作）

183　家有一条牛，八角两个头。
　　　吃草不吃料，越瘦越有油。（打一物）

184　一个厦，三个门。
　　　里面坐个半截人。（打一物）

185　一物生来不大，提起来人人害怕。
　　　一怒间心头火起，霎时间遍地开花。（打一物）

186　一物分为两样，也不用能工巧匠。
　　　白昼间结为夫妻，到晚来分开阴阳。（打两物）

187　嫌细刮刮，
　　　嫌短截截。（打一种工作）

188　蛄州发起云，湖州雨淋淋。
　　　雨打磁盅底，捎带蔡阳人。（打三种动作）

189　先打哺噔鼓，后下一阵雨。

黄瓜下了架，就拿胡基擦。（打一动作）

190　一朵红莲花，根儿往上扎。

一日浇三次，何日才见他。（打一物）

191　一个马，四个爪。

不走路，光吃肉。（打一物）

192　三角四楼房，珍珠抱红娘。

想吃红娘肉，解带脱衣裳。（打一物）

193　高挑身材叶儿飘，死在人间冷水浇。

吃了人间一把米，一根黄草捆在腰。（打一物）

194　麻布褂褂白竹里，粉红套衫白身体。（打一物）

195　红罐，绿系。

打一鞭，落地。（打一物）

196　纸糊窗，纸糊厦。

纸糊娃娃颠倒挂。（打一物）

197　一个莲蓬头朝下，百房百子颠倒挂。

一颗一颗成熟了，人人见了都害怕。（打两物）

198　一母所生两个郎，一个圆来一个长。

一个死在春三月，一个死在秋后霜。（打一物）

199　一个牛，浑身纹。

　　四个角，不牴人。（打一物）

200　远看明星彩朗，近看一对鸳鸯。

　　白日成双可对，晚间拆散阴阳。（打一物）

201　小着亲我看我，大了剥皮晒我。

　　老天见我恓惶，给我穿身白衣裳。（打一物）

202　小着穿绿的，大了穿红的。

　　老了无正经，穿个葡萄青。（打一物）

203　一物生来毛毛的，小姐见了熬撩的。

　　虽然不是稀罕的，小姐使得气喘的。（打一物）

204　晒晒湿了，凉凉干了。

　　绑住跑了，解开倒了。（打人的四种生活状态）

205　七层油单八层纸，里边包的石榴籽。

　　五月过去八月到，头上戴的红缨帽。（打一物）

206　一块木头四盘龙，珍珠装在玉石瓶。

　　黄娘吊住高粱坐，猫儿眼睛数不清。（打四物）

207　远看一盆金，近看无有根。

　　虽然无有根，长在别人身。（打一物）

208　一块红缎子，展了一院子。

　　　听得天鼓响，卷成一弹子。（打一物）

209　坐着是立，走着是立。

　　　睡着是立，立着是立。

　　　坐着是坐，走着是坐。

　　　睡着是坐，立着是坐。

　　　坐着是行，走着是行。

　　　睡着是行，立着是行。

　　　坐着是睡，走着是睡。

　　　睡着是睡，立着是睡。（打四种动物）

210　一个人儿一拃高，头上顶个挨打猫。

　　　放着大路他不走，单好捎斜圪料料。（打一物）

211　飞起嗡，跌下砰。

　　　拾起看，是块炭。

　　　打到炉里无火焰。（打一种动物）

212　乌黑炸明油光，倒推车子卖麝香。（打一种动物）

213　大哥红脸大汉，二哥骑马放箭。

　　　三哥行走不动，四哥少鼻莫眼。（打四种动物）

214　有腿不挨地，有嘴不出气。

　　　白日拉进里，晚间揎出去。（打一物）

215　红树红皮，九月腊梅。
　　　白花朵朵，黑籽吊齐。（打一物）

216　弯弯曲曲曲曲弯弯，一龙戏水在眼前。（打一物）

217　一根担，两头朝。
　　　吃食喝水不尿尿。（打一动物）

218　绳索绳索套绳索，绳索两头套奴鸽。
　　　这头逮，那头捉，休叫奴鸽出了窝。（打一物）

219　新着穿白的，老了穿黑的。
　　　莫事戴帽子，有事光秃子。（打一物）

220　一个木头驴，人人过来都要骑。（打一物）

221　无头无脚往前爬，肚上长出一颗牙。（打一物）

222　轻又轻，微又微。
　　　没有翅膀也会飞。（打一物）

223　它的身上脏，常在屋角藏。
　　　出来走一回，脏处就不脏。（打一物）

224　四四方方一座城，城内无水把船行。
　　　常常下得蒙蒙雨，救下一家好百姓。（打一物）

225　一物生来黑又怪，我是席中一样菜。

娘死三年才生我，我死三年娘还在。（打一物）

226　片片拉拉缝儿多，泪儿流在路儿上。

不是蚰蜒来救我，险些一命不得活。（打一物）

227　门上扒个黑奴鸽，嘴里唆唆沟里戳戳。（打一物）

228　丈夫出门跟主人，令奴在家看家门。

君子见了扬长去，小人见面坏奴心。（打一物）

229　一条白龙去过江，口含珍珠亮晃晃。

珍珠要吃白龙肉，白龙要喝珍珠汤。（打一物）

230　南面而立，北面而朝，

我哭他哭，我笑他笑。（打一物）

231　我家住在湾里湾，前门后门都不关。

豺狼虎豹同不怕，只怕假虎下了山。（打一动物）

232　四四方方一座楼，黑虎灵官在里头。

有人打开楼门张，喜的喜来愁的愁。（打一物）

233　疏疏密密，层层节节。

上清下白，两头尖尖。（打四种动物屎）

234　一物生在腰，有皮又有毛。

长短三五寸，子孙在内包。（打一物）

235　夜夜摸，夜夜摸。
　　　一夜不摸睡不着。（打一物）

236　青枝绿叶一树桃，外长骨头里长毛。
　　　若还一日毛参了，媳妇女子满地跑。（打一物）

237　青枝绿叶一树桃，外长骨头内长毛。
　　　有朝一日桃熟了，里长骨头外长毛。（打一物）

238　小小蛆条头儿尖，尾巴长在眼里边。
　　　不生尾巴不穿衣，生了尾巴把衣穿。（打一物）

239　上嘴小，下嘴大。
　　　张起嘴儿花大大。（打一物）

240　车车子，芯芯子。
　　　红绸袄儿对襟子。（打一物）

241　弯弯曲曲一张弓，不分昼夜走西东。
　　　命的该活三十岁，二十八九回了宫。（打一物）

242　两头是金斗潼关，木（穆）桂英坐在中间。
　　　一头是花儿点将，一头冒出青烟。（打一物）

243　千条线，万条线，

落在河里看不见。（打一种气象）

244　半天一个碗，下雨下不满。（打一物）

245　小宝宝，面皮老。

打一打，跳一跳。

打得重，跳得高。（打一物）

246　皮儿肥来性儿强，赤身裸体无衣裳。

有人把它踢一脚，不是过树就跳墙。（打一物）

247　伶俐匠人真能手，盖下房子没门口。（打一物）

228　一只鸡，长脖大肚皮。

客人来了喔喔啼。（打一物）

249　细箩细纱，当中一个海棠花。（打一物）

250　有根不挨地，有籽不开花。

街上有卖处，园中不种它。（打一物）

251　头戴红缨帽，身穿绿外套。

行走要唱曲，立住挖头脑。（打一种动物）

252　一对老鸦挨地飞，白日吃饱夜里饥。（打一物）

253　十个光棍张布袋，五个光棍闯进来。（打一物）

254　两只白狗，等在门口。
　　五个光棍，拉着就走。（打一动作）

255　红窗门，白格子。
　　里面一个红叶子。（打三物）

256　有时不见有时有，像龙像虎又像狗。
　　太阳出来它不怕，大风一吹它就走。（打一物）

257　一物生来半块圆，不挨地来不挨天。
　　五湖四海许他走，性命就在眼目前。（打一物）

258　四只眼睛生在肩，一个头脑用棍穿。
　　八只板脚不挨地，有人打我喊苍天。（打一物）

259　四只眼，八只脚。
　　村里有，家家莫。（打一物）

260　一物生来身份贵，常常坐在头一位。
　　虽然我比朝廷小，朝廷比我低一辈。（打一物）

261　头上许多疤，嘴在腰里挂。
　　常好喝冷水，喝了把雨下。（打一物）

262　一座木架口上安，乌龙一条腰中盘。
　　八卦轮子转一转，白龙滚滚到田园。（打一物）

263　他是我生的，却不和我亲。

　　我非他父母，他非我子孙。（打一种动物）

264　生在深山，来在人间。

　　穿红戴绿，惹人来观。（打一种动物）

265　面子圆圆，身子光光。

　　声音玲玲，颜色亮亮。（打一物）

266　青果核儿两头尖，里头坐个小神仙。（打一物）

267　看着看不见，摸着不方便。

　　闻着无气味，常常好捣乱。（打一种气象）

268　头戴红帽，身穿白袍。

　　跳出小箱，放些红光。（打一物）

269　天睁眼，地馒头；

　　河扁担，水骨头。（打四物）

270　圆的圆来方的方，一池清水在一旁。

　　尖嘴鸟儿来吃食，一飞飞到白云上。（打四物）

271　生在深山长在林，未曾点火先关门。

　　若还后来死故了，留下骨头卖与人。（打一物）

272　青俊窈窕一佳人，一点朱红照乌云。
　　浑身上下魄落地，各人自谓一点心。（打一物）

273　无父无母又无胎，无踪无影长上来。
　　要死死在当官下，死后黄花遍地开。（打一物）

274　梧桐树上挂丝绦，两国交战不用刀。
　　孔子走遍天下路，水不深来山不高。（打四种物）

275　刘备双剑进古城，东挡西杀赵子龙。
　　两头孔明来定计，气得周瑜满面红。（打一物）

276　铁将军英雄好汉，木贵英（穆桂英）对面截杀。
　　花关锁反过地界，赵子龙败回营来。（打一物）

277　铜州人两路行兵，木贵英（穆桂英）站在中营。
　　前山里孟良放火，后山里化着烟青。（打一物）

278　刘秀打马出城西，霸王乌江别虞姬。
　　韩信五更去点兵，曹操拉住关公衣。（打四种果菜）

279　枝枝树挽梢儿，黄羊下个黑羔儿。（打一物）

280　一棵树五枝儿，上面卧个黑鸡儿。（打一种动作）

281　一个匣匣，里头藏五个娃娃。（打一物）

282　抽筋菜、剥皮菜、刀儿不切自来菜。（打三种蔬菜）

283　一个大红枣，三间房子盛不了。（打一物）

284　红公鸡，绿尾巴，袋脑钗在地底下。（打一种蔬菜）

285　紫金树、紫金花、紫金绸绸包芝麻。（打一种蔬菜）

286　小天儿，莫月儿，朴噜朴噜下雪儿。（打一种工作）

287　一个黑驴 ×，不抹油儿不得开。（打一物）

288　木郎伴铁郎，莺莺烧夜香。
　　　红娘来报信，木郎一去不还乡。（打一物）

289　我有一物交人弄，弄得好了再来弄。
　　　这遭若要弄得好，弄出水来才不弄。（打一物）

290　有眼无珠光棍，天下第一出尖。
　　　游遍五湖四海，穿过绸缎丝绵。（打一物）

291　兄弟二人一条根，一左一右两难分。
　　　别的生意他不作，一心想的掸朝廷。（打一物）

292　不跟老僧去，贪恋一枝花。
　　　两腮俱无肉，只有一口牙。（打一物）

293　一物生得丑，周围多是口。

　　腰里一只眼，眼里一只手。（打一物）

294　我有一张琴，弦藏在其腹。

　　昭君马上弹，弹尽天下曲。（打一物）

295　叠叠重重包裹，中间一点痴心。

　　威声能震天地，奈何不知保身。（打一物）

296　一物生来不大，位在黄封月下。

　　我搽满面胭脂，千两黄金不嫁。（打一物）

297　放下好过，取了难过。

　　男人好过，女人难过。（打一物）

298　见面就嗑嘴嘴，嗑嘴就扶腿腿。

　　扶腿就哼哼哼，哼哼就流水水。（打一物）

299　戊己壬癸一处庚，西方庚辛两耳轮。

　　东方甲乙穿心过，还用南方一丙丁。（打一物）

300　家有板房住，头顶双羊角。

　　喜的清风雨，爱的屋漏湿。（打一种动物）

301　太极分形一最奇，青山对面两相齐。

　　子台堆积云漫漫，洞口幽秀草萋萋。

　　花开深处蜂难采，洪水横流鸟不棲。

唯有小僧能得到，几番归去醉如泥。（打人体某部位）

302　曲径通幽处，两峰夹小溪。

洞中花隐隐，岭头草萋萋。

有水鱼难养，无林鸟自栖。

老僧来往串，归来醉如泥。（打人体某部位）

303　立契人赤木人士，因为无银使用，今将自己大亭一座、

小耳亭一间，典与铜骨系居住。异日银到回赎，银不到

永远居住。恐口难凭，故立约存照。（打一物）

304　方寸之木，匠人琢而小之。在父母之邦，直道而行。

至于他邦，横行于天下。治一阵，乱一阵，死而后已，

何敢望回！（打一物）

305　仙公指上清音发，谈笑樽前防却杀。

座拥牙签胜百城，云山四壁轻烟抹。（打四物）

306　得此添修五凤楼，临池洗处黑鱼游。

封侯万里曾投叶，励志磨穿铁禾休。（打四物）

307　家有一只牛，八角两个头。

不吃活人肉，常吃活人油。（打一物）

308　上有可耕之田，下有常流之川。

一家只有六口，两口不得团圆。（打一物）

309　先染鲜红更色鲜，退红染黑卖人钱。

　　　卖去又染鲜红色，染了鲜红不值钱。（打一物）

310　去时碰见没拉（有）看见，回来看见没拉（有）碰见。（打一物）

311　四四方方一座城，里头卧下一条龙。

　　　张口喝的好滚水，合口冻下一块冰。（打一物）

312　弟兄二人同一姓，小的倒比大的硬。

　　　大的常常打小的，小的冻冻石头碰。（打一物）

313　一物生来三个口，家家户户多也有。

　　　有他不算大富贵，有他就要不出丑。（打一物）

314　偶因一语蒙抬举，反被多情又别离。

　　　送得郎君归去也，倚门独此泪淋漓。（打一物）

315　一片白，圆如月，动即清风生，能驱长夏热。

　　　无奈人情反复多，秋来便把伊抛掷。（打一物）

316　小时青蛋蛋，长大红蛋蛋。

　　　扒开两半半，露出黑蛋蛋。（打一物）

317　远看一头牛，近看并无头。

　　　口里喷花草，肚里滚绣球。（打一物）

318　背靠梧桐树，手扯尉迟弓。

耳听雷声响，就地起白云。（打一物）

319　牛丞相之女，木国公之妻。

四大臣保驾，二太子登基。（打一物）

320　昨日我当花园过，观见小姐红裙破。

不爱小姐黑心肝，只爱小姐两半个。（打一物）

321　进得门来妻携郎，张生拉住小红娘。

对面说话听不见，两天古佛面皮黄。（打四种菜）

322　有沟不流水，有裤不如腿。

一物叫三名，鼻子咬得嘴。（打一物）

323　城里城外住，家家不种地。

有根不扎地，有瓣不开花。（打一物）

324　一母生四胎，不等满月就楚进红门去。

穿出羔衣来。（打一物）

325　两头尖尖赛如梭，日行千里不上坡。

今天韩信拦住路，着事明年算萧何。（打一物）

326　一母放生兄弟多，成人长大各垒锅。

生在世间如媳妇，今转一世要老婆。（打一物）

327　家住深山靠土崖，有人请我我才来。

二龙戏珠头上戴，锦绣文章装满怀。（打一物）

328　俺娘养我一枝花，成人长大不在家。

　　酒席宴前先用我，吃过油盐酱醋汤。（打一物）

329　卖的不叫，买的就知道。

　　价钱说倒了，两家多不要。（打一物）

330　远看山一座，近看美人两个。

　　不念真言尼语，嘴巴打下一个。（打一物）

331　小小颜打一只船，红娘小姐在里边。

　　下了一场蒙松雨，五个兄弟在后边。（打一物）

332　一物生来仪样，有皮有毛竹相。

　　身长不过五寸，子孙在内包藏。（打一物）

333　你看他凌毛有现，他不过有两个钱。

　　看的人眉来眼去，弄得人手足不闲。（打一物）

334　红娘白小姐，想配竹叶郎。

　　要知女滋味，解带脱衣裳。（打一物）

335　人在他里头，他在人里头。

　　人不在他里头，他不在人里头。（打一物）

336　娘则（子）身细腰长，身上满是凸花。

白日携手作伴，晚来推在一旁。（打一物）

337　关将军独坐中军，司马懿一团围住。
　　　白纸伊气死流风，木贵（穆桂）英把守辕门。（打一物）

338　立似仙人合掌，坐似六月开莲。
　　　中间一座钓鱼台，两面青松遮盖。
　　　虽然不通江海，月月红水潮来。
　　　王孙公子内里栽，世间人人都爱。（打人体某部位）

339　嘴儿尖尖又无毛，身穿一件紫红袍。
　　　赛过齐天孙行者，缺少金箍棒一条。（打一物）

340　一个女儿会当家，肚内揣的四支花。
　　　一伙光棍来调戏，不是亲夫不凭他。（打一物）

341　大将似黄虫，带领五万兵。
　　　把住杀虎口，又用火来攻。（打一物）

342　一物生来四寸长，一头有毛一头光。
　　　去时干干又净净，出来有水又有酱。（毛笔）

343　姊妹十七个，多是淫乱货。
　　　大的亲过嘴，小的多捏过。（打一物）

344　弟兄十八个，骑得整头驴。
　　　有园不种菜，有网不打鱼。（打一物）

345　一个老儿毛头，家下住在竹州。

　　喝的乌龙细水，说的五华春秋。（打一物）

346　我有一块木，盖了两间屋。

　　一间开染坊，一间扯黑色。（打一物）

347　自从立夏出世界，每岁相逢五六月。

　　榴花开放正当时，梧桐叶落方才别。（打一物）

348　三人同行上鼓城，鼓城路上无人行。

　　五虎把住三关口，韩信立马定太平。（打一物）

349　打鼓吹箫入洞房，看见小姐红面容。

　　衣头漫饮鲜红酒，巴掌一下见阎王。（打一动物）

350　黑脸包丞相，住在关口上。

　　张飞鞭天网，单拿飞虎将。（打一动物）

351　小时白了头，老来转少年。

　　送君千里路，不出大门前。（打一物）

352　一物生来半破圆，不在地来不在天。

　　五湖四海多走遍，想要拿他难上难。（打一物）

353　立地头朝上，走动头朝下。

　　不吃人间食，能说世间话。（打一物）

354　既不是太君外府西边掉，又不是白阳流水高山草。

只见的白云凸内放声雷，原来雪花儿满地无人扫。（打一物）

355　树木林中只它高，不沾黄土长成苗。

万古千年不落叶，一生一世不惟稍。（打一物）

356　美貌佳人肚内空，夫妻一世不动心。

梧桐叶落你且去，荷花开放重相逢。（打一物）

357　黑树林中一老僧，不言不语在空中。

有人问他何姓名，阎王造死他造生。（打人体某部位）

358　两个姐姐嘴儿尖，不搽胭脂赛貂蝉。

诸色花草头上戴，两个耳朵在后边。（打一物）

359　姊妹们最轻狂，穿红着绿引才郎。

误了多少贪怀客，害了多少有钱郎。（打一物）

360　阿奴好似君家妾，君又不与奴同歇。

急时扯奴上床来，心尽又与奴分别。（打一物）

361　一物生来数寸长，头光颈细堪夸；

佳人一见便来搽，掀起罗裙就耍。

席上翻云覆雨，娇声好似琵琶。

等来眼见是虚花，弄到成胎才罢。（打一物）

362　姊妹二人一般大，一时间来一时嫁。

娘家因□争彩礼，把个媒人打一下。（打一物）

363　我本是地脉出世，方圆一团和气。
　　　身体方才褪乾，我□伤人之意。（打一物）

364　头戴金盔曜日光，身披银铠赛雪霜。
　　　也曾赴过单刀会，南方丙丁把我烧。（打一物）

365　白子家中一座屋，半夜起来孩儿哭。
　　　卖油君子不拿称，红粉佳人独自宿。（打四种花卉）

366　身穿红袄绿衣裳，满腹文章直肚肠。
　　　只因害了焦心病，流出相思泪几行。（打一物）

367　头来酸枣大，嘴有尺二长。
　　　每日沿街走，不吃五谷粮。（打一物）

368　一物生来轻又轻，上有日月并无星。
　　　放在家中日上长，使戥称来无半分。（打一物）

附：谜底

001	质（繁体"質"）	027	请坐吸烟
002	偷	028	掛
003	扔	029	三寸金莲
004	一至十数字	030	山西姑父
005	春夏秋冬	032	胆
006	请坐奉茶	033	何等好醋
007	巧言令色	034	好大火烧
008	八	035	地支十二字
009	井	037	地支十二字
011	月	038	天干十个字
013	森	039	烂肉好酒
015	孙	040	卜
016	特来问安	042	晶
018	君子请坐	045	贺
019	烛（繁体"燭"）	046	斗
020	明	051	一
022	非	054	五六七八
023	生意要好	055	一二三四
025	尚朝一品	059	春夏秋冬
026	风花雪月	060	德

062	清香美酒	112	筷子
063	闲坐多时	113	蜗牛
065	古书正文、小注	114	算盘
086	湖北、四川、贵州、浙江	115	笤帚
090	彭祖	116	蜗牛
091	公鸡	117	房上的瓦
092	起火炮	118	气
093	石碑	119	手和手套
094	茶壶	120	手指头
095	葱	121	人影
096	瓜籽	122	人影
097	瓜籽	123	人影
098	瓜籽	124	狗
099	骰子	125	灯
100	碑楼	126	书信
101	笊篱	127	鼻涕
102	笊篱	128	手通入袖筒
103	水烟袋	129	盘香
104	水烟袋	130	大车
105	烧水壶	131	戏台
106	顶针	132	唱戏
107	赌具牌	133	雨伞
108	毛笔	134	冰凌柱
109	打水桶	135	算盘
110	打水桶	136	小腿
111	筷子	137	三弦

190	心脏	215	荞麦
191	蒺藜籽	216	水烟袋
192	棕子	217	鸡
193	芦苇	218	织布梭子
194	花生	219	毛笔
195	枣子	220	门槛
196	马蜂窝	221	刨子
197	马蜂窝	222	灰尘
198	榆钱、榆叶	223	笤帚
199	席子	224	筛面箩
200	铜纽扣	225	木耳
201	柿子	226	打水桶
202	桑葚	227	锁子
203	鸡毛毽子	228	锁子
204	人出汗、凉干	229	小油灯
	穿衣、脱衣睡觉	230	镜子
205	玉米	231	老鼠
206	核桃、石榴、梨、葡萄	232	赌具宝盒
207	菟丝子	233	羊、牛、鸡、鼠的屎
208	太阳	234	玉米
209	马、蛇、鱼、蚯蚓	235	门扇
210	刺锅凿子	236	棉花
211	屎壳螂	237	棉花
212	屎壳螂	238	钢针
213	壁虱、虼蚤、虱、虮子	239	喇叭
214	门神	240	衣柜

后　记

　　这本书是一部流行于山西南端的古典民歌民谣集，通过它也许会帮你领略到这块古老的黄土地上过去年月人们的生产生活状况、沿袭至今的精彩礼俗、浓郁的生活气息和丰富的思想感情。

　　这本书收录的歌谣主要来自三个方面：一是幼年时长辈的传授及长期以来在乡间收集得来的；二是源于我所收藏的古旧抄本；三是从收集到的河东地区及相邻市县 20 世纪中晚期的一些正式和非正式印刷品。

　　对 20 世纪七八十年代的这些正式和非正式印刷品，读其内容非常震撼，优美生动，令人陶醉，常常读着读着竟不自己地走进当时的情景之中。对我来说，又打开了解河东古老文化的一扇窗户。而更使我深受感动的是，这些资料采编者们竭诚奉献、敬业务实的精神。他们不仅不辞辛劳深入民间深挖细找，博采广收，而且对每首歌谣大致流行地域，及它的提供者、收集整理者的个人信息都做了详细记载。比如姓名、性别、年龄、文化程度、生活和工作所在地及从事职业等，为后人研究当地民歌留下了不可或缺的珍贵资料。

　　遗憾的是，这些印刷品多数不是正式出版物，作为资料当时印量也很有限。另外，我发现那些提供者和收集整理者，当年大多数都在 30 岁以上，尤以五六十岁者居多，七八十岁者也不乏其人，更有些提供者还未来得及见到出版物就辞别了人世。我由是萌生了编写此书的念头。一者为使这些为民间文化事业作出贡献的人们的精神和功绩得到进一步的彰显，奉为我们学习的楷模；再者为使这些歌谣能够重新著录和保存，并广泛传播，让更多的人了解我们民族民间文化的底蕴，增强对我们民族文化的认同感和自豪感。

本书根据内容分编五卷：卷一，街市风情。主要是反映旧时买卖人以及小市民阶层日常的活动状况；卷二，村风闾俗。显现了昔日民间传统礼仪和岁时风俗习惯；卷三，苦愁怨愤。这组歌谣主要反映旧时底层劳动人民劳作和生活的艰辛。他们饱受剥削压迫与社会歧视，以及世态炎凉、人情淡薄给他们造成的刻骨铭心的精神伤害，而由此引发出的愤懑哀怨。其内涵是血泪控诉，是要求变革不合理现实的疾呼和呐喊；卷四，情思闺怨。其中不少篇章是对甜蜜爱情的吟颂，但同时也吐露出封建时代青年男女们渴求自由美满婚姻的心声。卷五，灯谜字虎。我收集到的古旧抄本中，内载368首谜面歌谣，我将之专列一卷纳入本书，是受了一些古诗词，比如王维《画》的启示。以往鲜见将谜面歌编入民歌专集的，本书此次也算一项尝试吧。需要说明的是这368首古典谜语中，有264首原有谜底，现附于卷末；另104首原无谜底，我认为即使原有的谜底也难以判断是否全都正确。因这些谜语大致流行于百年前，现时我们的生活环境和日常接触到的事物已与彼时迥异，今天要揭开这些谜底难度较大，这件憾事只有留待于这方面有研究的读者来破解和辨伪了。

另外，本书根据河东一带民间对不同形式的歌谣俗称，如：小调（有的有具体调名）、呱嘴（河东方言读"嘴"如"举"）、打岔、刮地风、干板腔、游戏歌、催眠曲、绕口令、打多子、打金刚、小戏等等均用括弧标注在每篇标题之后，以保留其地方特色，这一尝试或许对民间文学的研究探索会有一定的用处。

再次，在卷四中，录编进几篇所谓的"亵歌"。这类歌谣都或多或少有些色情甚至淫秽描写，民间称其为"艳歌"。本书中对其中涉"黄"词语均作了删节，保留了"洁本"。选录这部分内容的起因是这样的：从相关资料获知，1922年1月北京大学研究所国学门成立，及同年12月17日《歌谣》周刊诞生，使1918年由该校发起的"歌谣运动"达到高潮，学者们民歌收集的视野也随之扩大。歌谣运动的提倡者周作人先生坚信"猥亵歌谣"也有其研究价值，在他极力主张下，《歌谣》周刊将原先歌谣征集简章中"不涉淫邪"的限制改定为"即语涉迷信或猥亵者，亦有研究之价值，当一并录寄。"嗣后，周与钱玄同、常惠等人共同发起猥亵歌谣的征集活动（参阅山东大学主办《民俗研究》2006年第1期第67页至第70页）。在我收集的古旧抄本中，确实不乏猥亵歌谣，我想它既然有大量的存在，那肯定有其历史渊源，也就不可否定它的研究价值。本书收录几篇以保留这种民歌题材或有其意义所在。这又算一项尝试。

《黄土风情歌谣录》承蒙知名作家许石林先生、知名出版家南兆旭先生、山西人民出版社总编姚军先生的重视与支持才得以出版；柳承旭先生、崔人杰先生为本书的出版工作付出心血和辛劳，在此一并表示真诚的感谢。

最后，对本书所选用资料的原唱述提供者和收集整理出版者（含非正式出版物）在此表示衷心感谢，对为民间文化事业做出或正在做着贡献的人们谨表崇高敬意。

因本人知识有限，更非专业人士，且有些东西尚属初步探索，书中定会有不少舛误，诚望读者诸君赐教。

编著者